「あいだ」の思想

セパレーションからリレーションへ

高橋源一郎＋辻信一

大月書店

もくじ

はじめに――「あいだ」という希望　辻信一　7

第1章　さまざまな「あいだ」……15

「あいだ」ということばの意味するもの　16
文章に「あいだ」をつくる　20
時代の「あいだ」を生きた人たち　29
「あいだ」を動く人たち　32
子どもから大人への「あいだ」は大事　34
みんな、生と死の「あいだ」にいる　37
国と国の「あいだ」を考える　44
「自由」をキーワードに　54

第2章　「あいだ」を広げる二つの視点 …… 57
自分の中に「あいだ」をつくる――田中優子　59
空間の「あいだ」、人々の「あいだ」――山崎　亮　70

第3章　「あいだ」は愛だ …… 81
二人の提起を受けて　82
「あいだ」は愛だ、と言えるか？　87
家族にも「あいだ」が必要　92
「あいだ」としての「私」、そして愛――緒方正人　97
被害者と加害者の「あいだ」、韓国と日本の「あいだ」　106

第4章　「あいだ」で読み解くコロナの時代 …… 117
「不要不急」と「あいだ」　118
自分と他者の「あいだ」――わからなさに耐える　124

数字から本の世界へ　129
感染症は「あいだ」からやってくる　137
コロナウイルスと「オドラデク」　141
「あいだ」に線を引かない――奥田知志　144
「幻聴」を「幻聴さん」へと変えていく――向谷地生良　151
「二者性」という根拠――最首悟　155
社会の声――武田泰淳『審判』　160
「あいだ」の詩――「ノーバディがいたよ」　164
民主主義とことばと「あいだ」――グレーバー　169

第5章　「弱さ」×「雑」×「あいだ」……179

「死者のことば」は代弁できるのか？　180
文学と「雑音」　185
重なりあう「雑」・「弱さ」・「あいだ」　191
パレスチナの「壁」をめぐって　198
「壁」の両側の違い　206

見えない壁に追いつめられているのはどちらだ？　211
「雑」が「あいだ」をつなぐ――敗者の思想　215
「あいだ」と自由――自由主義を超える新しい保守主義　223
おわりに――「あいだ」の向こう側へ　高橋源一郎　235

はじめに――「あいだ」という希望

この一〇年あまり、高橋源一郎さんとぼくが「共同研究」の名のもとに続けてきた「雑談による思想漫歩」が、『弱さの思想』（二〇一四年）、『「雑」の思想』（二〇一八年）を経て、いよいよ本書『「あいだ」の思想』をもって、一つの終着点を迎える。「弱さ」と「雑」というテーマのもとでも、「あいだ」ということばに秘められた思想的な豊かさは、すでにあちこちに浮かび上がってきていた。本書は、前二作での議論を引き継ぎながら、さらに新しい光のもとで深めることを目指している。

二人の「共同研究」がのろのろと歩んでいた時代とは、資本主義の最終段階ともいわれる新自由主義とグローバル化が末期的な症状をますますあらわにしていく時代だった。一方で気候変動をはじめとする自然環境問題が深刻化し、他方で大多数の良識を支えてきたはずの「自由」や「民主主義」という理念が揺らいで、社会的な問題が累積していった。日本におけるその一〇年とは、東日本大震災と福島原発事故から、現在も進行中のコロナ禍に至る〝災害の時代〟であり、復興ということばだけが虚しく響く年月でもあった。本書を含む三部作は、そうした時代に否応なく巻き込まれながらも、「弱さ」「雑」「あいだ」という三つの概念のレンズを通して世界を見つめ、よりよく理解しようとする、ぼくたちなりの参与観察だったと言えるだろう。

世界には今、世界観の大転換が起こりつつあるとぼくは思っている。それは人と人との、人と自然との

「あいだ」を隔てていた「分離《セパレーション》」を超えて、「つながり《リレーション》」へ向かう流れだ。本書は、数々の実例を挙げながら、その大転換を可視化しようとする一つの試みだと言えるだろう。

国境をはじめとした種々の人為的な壁を越えてみるみるうちに世界中に広がったコロナ禍は、一方で、すでに着々と進行してきていた分断、格差、差別などを深刻化させることにもなった。しかし、だからこそ、世界のあちこちで近年湧き起こりつつあった「セパレーションからリレーションへ」の転換もまた、人々の中でより切実性と現実性を増しているようだ。人々はそれぞれの社会的な文脈の中で、さまざまな表現を通じて、共同の場としての社会、関係性としての生命、相互依存のネットワークとしてのコミュニティ、関係性へと開かれた人間、そして利己を超えた自分を希求している。「あいだ」をめぐるぼくたちの対話は、こうした世界史的なプロセスについての観察であり、思索である、と言えるだろう。

本書が、「あいだ」という、一見あまりにも日常的でありきたりの日本語に秘められた豊かな可能性に、読者が思い当たるきっかけとなればうれしい。それは、和辻哲郎が『風土』で論じ、木村敏が『あいだ』や『人と人の間』で論じ、オギュスタン・ベルクが『風土の日本』で論じてきた哲学的テーマだ。それは、人間、時間、空間、世間、仲間、中間、居間、間柄、間合い、そして間《ま》というキーワードの中にも生きている。「あいだ」という概念の汎用性、その広さと深さ、そして豊かさにはほとんど限りがないと思えるほどだ。

「オキュパイ・ムーブメント」などの社会運動や「私たちは99%」などのスローガンで知られる文化人類学者のデヴィッド・グレーバーは、昨年九月に急逝する直前まで、パンデミックの世界で急速に拡大していた社会的な分断や格差や差別に対して、虐げられる多数者の側に立って活発な言動を続けていた。

昨年四月、「緊急事態宣言」下の日本で出版されたのが、彼の著書『民主主義の非西洋起源について――「あいだ」の空間の民主主義』（以文社、二〇二〇年）だった。そこで彼は次のような仮説をたてる。寛容であること、互いに歩み寄ること、優しさといった価値は、「文化と文化のあいだに開いた錯綜した空間の中から、それら複数の文化を包括するようないかなる国家権力の権威とも関わりのないところで」生まれた。そして、それらは「この錯綜した空間の破壊を願う人々の脅威にさらされることで、価値として結晶化するに至ったのかもしれない」と論じた。

グレーバーによれば、民主主義とはこのような一連の価値が連なった形のことだ。それが、古代ギリシャやローマから受け継がれてきた西洋文明の伝統であるという定説に、彼は真っ向から異を唱える。そして、民主主義はある特定の伝統内部から生じたというより、文明と文明、国と国、共同体と共同体の「あいだ」にこそ成り立つプロセスだと言う。

彼はこれを単なる過去の出来事として語ったのではなかった。「結論」で、彼は言う。「民主主義は今それが当初生まれた場所に帰りつつあるように見える。つまり、あいだの空間に」。この本が現代世界で進行中の危機に対するグレーバーの政治的な挑戦だったことは明らかだ。この数十年、新自由主義とグローバル化の支配が進む中で、自由主義、資本主義経済、国家などの価値や制度による圧迫が強まり、民主主義的な価値や制度の弱体化や空洞化が進行してきた。人々の中に、経済のためには「民主主義」を諦めるしかないという空気が急速に広がり、トランピズムのような現代版の全体主義がはびこっている。だからこそ、グレーバーは「あいだとしての民主主義」という原点に立ち返るべきことを訴えたのであり、そこにこそ希望を見出そうとしていたのだろう。

こうした彼の「あいだ」の思想は、三カ月後、彼の死の直前に日本で出版され、コロナ禍によっていっそう鮮明に浮かび上がった仕事をめぐる格差の問題への鋭い分析として注目された著書『ブルシット・ジョブ——クソどうでもいい仕事の理論』（岩波書店、二〇二〇年）にも見事に表現されている。この本によれば、現代社会はますます分断され、分断は反感や憎しみや不信を生み、しかし、それが逆に不幸な均衡状態を作り出してしまっている。合理主義に基づくものと考えられてきた現代市場システムは、実際には、膨大な量に及ぶ、極めて非合理的で無意味な仕事によって成り立っていると著者グレーバーは言う。

社会の進歩は、経済成長、機械化、合理化などを通じて、第一次産業に従事する人数や家事に従事する時間がいかに減るかによって計られてきた。だが、経済学者のケインズがかつて予測したような、週一五時間労働の世界が訪れることはなかった。減少した雇用を補うかのように、管理職・事務職・サービス職に就く人の数は、この一世紀で三倍になり、アメリカの仕事のうち七五％を占めるに至ったと、グレーバーは指摘する。そして、こうした仕事の大半がブルシット・ジョブ、つまり無意味であるのに意味があるように装う「クソどうでもいい仕事」なのだ、と。

その対極にあるのが、パンデミックの中で注目された「エッセンシャル・ワーク」ということばだ。それは社会にとって、コミュニティにとって、家族にとってなくてはならない仕事なのだが、ブルシット・ジョブに比べて、その対価として与えられる報酬も社会的地位も極めて低い。それに従事する者の多くが暮らしそのものを維持することにさえ困難を感じている。

こうした格差を正当化し、社会には他の選択肢《オルタナティブ》はないという諦めを広めるのもブルシット・ジョブの重要な役割だ。しかし、グレーバーによれば、その仕事で給料をもらい、生計をたてるという以外には、何一つ意味がないという無意味さの意識ばかりか、それを隠し、有意義であるかのように偽るという自己欺瞞の意識が、ブルシット・ジョブに従事する人々を静かに蝕んでいる。

無意味さ、つまり意味の欠如とは、言い換えれば、つながりの欠如、「あいだ」の欠如である。人々を蝕むのはその欠如なのだ。グレーバーによれば、意味の欠如とバランスを取ろうとするかのように、「人は他者をケアするということを求めてやまない」。つまり、「あいだ」を求めてやまないのだ。

一方、コロナ禍で、その多くがリモート・ワークへと転換しやすかったブルシット・ジョブと違って、エッセンシャル・ワークには、そうした転換が困難だった。それは、その多くが「あいだ」をつなぎ、「あいだ」に立つことを仕事としているからに他ならない。

こうした一連のコントラストは、そもそも経済とはいったいなんだったのか、という問いをぼくたちに突きつける。グレーバーはそれに答えてこう言うのだ。

「人間の生活とは、人間としてのわたしたちがたがいに形成し合うプロセスである。極端な個人主義者でさえ、ただ同胞たちからのケアとサポートを通してのみ、個人となる。そしてつきつめていえば、『経済』とは、まさに人間の相互形成のために必要な物質的供給を組織する方法なのである」

さらに、彼はこういう仮説に至る。「人間の仕事というのは、そもそも、そしてますます、ケアなのではないか」。この「ケア」ということばは、日本では、高齢者や障害者の介護や介助を仕事とする人たちのことを「ケアワーカー」と呼ぶように、狭い意味に限定されている。しかし英語では介護や看護といった意味を大きく超えて、関心、心配、思いやり、親切、世話など、人と人、人と何かの「あいだ」の精神的、物理的な深い関わりやつながりを意味する。ケアという関係性が、「機械に代替されることが最も考えにくい」事柄から構成されているというグレーバーの指摘も重要だ。この危機の時代の希望は、デジタル化、ロボット化、ＡＩなどのテクノロジーによって人間と人間、人間と自然とをさらに分離する方向にではなく、ケアというつながりの方向にこそある。ぼくもグレーバーとともに、そう考えるものだ。

思想家で社会活動家の最首悟《さいしゅさとる》は、二〇一九年末に上梓した著書に、『こんなときだから　希望は胸に高鳴ってくる――あなたとわたし・わたしとあなたの関係への覚えがき』（くんぷる、二〇一九年）という風変わりなタイトルをつけた。著者は、複合重度障害者の娘、星子さんとともに生きてきた四十余年という年月の中で、主体同士を隔てるはずの西洋的個人主義の壁の頼りなさと疑わしさを体験することを通じて、やがて、「あなた」と「わたし」の「あいだ」に注目し、両者に通底する「二者性」という概念にたどり着いた。

「星子がやってきて、四〇年経ち、二者性ということに思い至るようになった。人間は二者性を刻印されている……いのちはそもそも希望をはらんでいるのだということになりそうなのである。」

最首によれば、生きる意味とは、囲いの中にある「わたし」や「あなた」という個人の中にではなく、「あなた」と「わたし」、「自己」と「他者」へと分離される以前の、自他未分で自他不可分の「いのちという場」にこそある。希望はその「あいだ」から湧きおこるというわけだ。

「こんなときだから　希望は胸に高鳴ってくる」というこの本のタイトルにある通り、今、世界に絶望の深さと裏腹な希望の高鳴りが起こっているのが、ぼくには聞こえるような気がしている。そして、最首が「二者性」に希望を見出しているように、ぼくは「あいだ」にこそ、絶望を希望へと転換するための一つの鍵があると考えたい。

われら近代人は長い間、西洋文明の中で育まれ、世界中に浸透した、利己的で、貪欲で、競争的で、疑い深く、暴力的な人間像を各自の意識の底部に住まわせてきた。ホッブズの「万人の万人に対する戦い」から、リチャード・ドーキンスの「利己的な遺伝子」に至る、暗く悲観的な性悪説が、現代世界の主流である経済学や政治学を支えている。そこでは、ホモ・サピエンスの「サピエンス」は「ずる賢さ」としての知へと貶められている。一方、ルソーに代表される性善説は、「楽観主義」「ロマンチシズム」「非現実主義」として、「幼さ」や「女々しさ」、「ナイーブさ」として批判や嘲笑に晒されることが多かった。

どうやら我々はいつのまにか、信じたくないことを信じさせられて、しまいには、そう信じることを自分が望んだと信じてしまったようなのだ。今や「知的」であることと、シニカルであることは切っても切れない関係にあるらしい。世界中にさまざまな「陰謀説」がはびこるのも無理はない。環境活動や社会変革運動の中にさえ、性悪説やシニシズムからくる絶望感が広がっている。

こうした自己否定の泥沼こそ、分離《セパレーション》の物語が行き着いた場所だ。「進歩」と「発展」によって、地域、コミュニティ、自然生態系といった制約から一つずつ人間が解き放たれ、〝自由〟になって飛び立っていくという物語の結末——言い換えれば、「人間」ということばの「間」を取り除いていったことの結果だ。その果てに、人類はいよいよ存亡の危機に立たされている。

世界各地でベストセラーとなっている『ヒューマンカインド——希望の人類史』(ルトガー・ブレグマン、未邦訳)が教える通り、人間存在の本質を「愛」「親切」「友情」「助け合い」「信頼」といった関係性に見出す新しい時代の性善説が、今、生物学や人類学をはじめとしたさまざまな分野で勃興している。「あいだ」という非西洋近代的な概念の井戸から汲み出される思想が、「分離からつながりへ」の転換という人類史的な事業に寄与する可能性をぼくは信じ始めている。

まず想像することから始めよう。『ブルシット・ジョブ』で、グレーバーが読者に促してくれたように、「今だけ・金だけ・自分だけ」の仕事にとって代わる、「あいだ」をつなぎ、育てるような仕事を自由に創り、選ぶさまを想像してみよう。そしてこの古くて新しい仕事観の上に、人と人、人と自然との「あいだ」をどれだけ豊かにするかを基準(GDPならぬGRP、グロス・リレーションシップ・プロダクツ!?)とする経済をデザインしたら、どんな世界ができるか想像してみよう。そうすれば、ぼくたちがこれまで、「自由」について、実は何も知らなかったことに気づくだろう。真の自由とは、「あいだ」から切り離されるという意味での〝自由〟ではなく、「あいだ」としての自分を再発見するという意味での「自由」に違いない。

二〇二一年二月

辻　信一

第１章　さまざまな「あいだ」

ヴィクター・ターナー
メリー・ダグラス
加藤典洋
ハンナ・アレント
江藤淳
金子文子
大岩剛一
柳田國男
グレタ・トゥーンベリ
ヴァンダナ・シヴァ

「あいだ」ということばの意味するもの

辻　：ぼくと高橋さんの共同研究は、「弱さの研究」から始まって「雑の研究」へ、さらに今回の「あいだの研究」へと展開してきました。ぼくたちの研究会は大体公開で行われ、話は雑談ふうに進みます。今日は、「あいだ」の研究会の第一回となります（二〇一九年八月九日）。

高橋：この共同研究、もう一〇年もやっているんですね。

辻　：「弱さ」、「雑」ときて、その後も続けたいねということで、「あいだ」というテーマが浮かび上がってきました。ぼくはこの「雑」から「あいだ」へという展開にすごくわくわくしています。

高橋：ぼくたちがなぜ「弱さの研究」や「雑の研究」をやったのか、ひとことで言うのは難しいんですが、「弱さの研究」では、認知症の人や重度の心身障害者とか、一般的に「弱者」と呼ばれるような人たちをとり上げました。何か大切なものがそこにあると思ったわけです。そして、それに名前をつけてみた。それが「弱さ」です。社会的に「弱い」と言われている人たちの中に実は豊かな可能性があって、その「弱さ」を排除した「強さ」だけの社会は実は脆い、というようなことが見えてきた。そういったものを見つけるためには、まず言語化する必要があったんです。だから、次の「雑の研究」でもことばから始まっています。

「雑」ということばは、辞書で引くと「混雑、煩雑、雑草、乱雑、雑然、雑駁、猥雑」と悪いことしか載っていない、それはなぜなんだろう。そのことを研究していくと、「雑」がもっている「強さ」や「豊かさ」が見えてきた。この研究の中でもいろんな例を挙げました。たとえば今の小学校は学年別に分けているけれど、それをやめて雑然としたクラスにしたほうがおもしろいことができるし、豊かな場になる。江戸時代の寺小屋がそうだったんですね。これは、「雑」ということばを通して見えてきた我々の社会の可能性の一つです。気になっていることをことばで定義づけを始めることから可視化して、調べていくというのがぼくたちのプロジェクトの特徴だったと思います。ある概念を見つけて、世界に結晶化させていくという作業だと思っていただければいい。

辻：そうですね。「あいだ」ということばは、「雑」にも負けず、非常に豊かな領域だと思われます。辞書で調べてみればわかりますが、「雑」の場合とよく似ていて、なかなか欧米のことばに訳せません。日本では誰もが知っていてよく使うことばだから、意外な感じがしますね。

「あいだ」にはいろんな意味がありますけど、その幅の広さをもっているような名詞が英語にはないんです。「between」は前置詞で、「between A and B」と使うことができても、その「between」の中身を示す名詞はないんです。「betwixt」という古いことばがあるのですが、「betwixt and between」という「宙ぶらりん」「どっちつかず」の状態を示す熟語でしかお目にかかりません。ですから、ぼくらが「あいだ」ということばであれこれ考える、その思考の領域のようなものが、英語圏には欠けている可能性もありますね。

言うまでもなく、「あいだ」とは二つの「もの」とか「こと」、「ひと」などに挟まれている領域のことです。これは単に境界ということではありません。境界というと、ぼくたちは線を思い起こしますが、線というのは広がりをもちませんから。たとえばAとBの間に線を引くと、そのAとBの間には領域と呼べるような広がりはないわけです。むしろ線というものは、AとBにあったはずの「あいだ」を消し去ってしまう。線を引くと、残るのはAという領域とBという領域だけです。つまり、AとBの境界と呼ばれる、ある広がりをもった領域に境界線が引かれた途端に、広がりとしての境界は消滅して、AとBという二項だけが残り、AかBかという二元論になってしまいます。

また、「あいだ」ということばは、単に広がりとか領域を表すだけでなく「私とあなたの間」というふうに「間柄」、つまり関係性を示す概念もあります。「つながり」という意味ももっていますよね。AとBの間の広がりを表すことばが欧米語にないのかというと、たとえば時間的にはインターバル、空間的にはスペースとかルームといったことばがあって、その都度示すことはできても、さまざまな場合を包み込むような概念は、どうも見当たらないんです。

さて、ぼくがアメリカの大学院で文化人類学を勉強していた頃、特に惹かれていた人類学者に、ヴィクター・ターナー（イギリスの文化人類学者 一九二〇―一九八三）がいました。この人の書いた『ザ・リチュアル・プロセス（儀礼の過程）』は、その頃大変な人気があった本です。それはアフリカのンデンブ族の「通過儀礼」、特に子どもたちが大人になっていく「成年儀礼」についての研究です。子どもというステータスをもつ存在が、大人というステータスに移行するための儀礼ですが、ターナーはその二つのステータスの「あいだ」にある、過渡期、中間段階、あるいは境界領域に注目したわけです。A（子ども）とB（大人）の「あいだ」は、AでもないしBでもないどっちつかずの曖昧で不安定な状態だけど、同時に日常の社会的な制約や束縛から切り離された自由な時空間でもある。

「あいだ」にあたることばがないからだと思うのですが、ターナーは、ラテン語で敷居を意味する「リーメン」ということばからつくった「リミナル」（形容詞）とか「リミナリティ」（名詞）ということばを使っています。逆に、この「リミナリティ」ということばに光が当たることで、「あいだ」という領域が、重要な研究テーマとして現れてきたんだと、ぼくは思っています。

同じ一九六〇年代のはじめ頃に人類学者で、メアリー・ダグラス（イギリスの社会人類学・文化人類学者 一九二一―二〇〇七）という人がいて、やはり宙ぶらりんな「AでもあるけどBでもある」、「AでもBでもない」といった曖昧で不安定な領域というものに注目しました。そして、「あいだ」つまり「リミナル」なあり方から、「不浄」や「汚れ」の問題を捉えようとしたのです。

日本語だと、「汚れ」は「よごれ」とも「けがれ」とも読めるけど、この二つには大きな違いがありますね。「よごれ」は単なる物理的、生理的な意味で使われるけど、「けがれ」というと精神的、象徴論的な次元に関わってきます。この「けがれ」が「リミナル」なあり方、「あいだ」に挟まれたあり方から来ているんじゃないかという議論をして、これが大変な評判になったんです。

その後この二人は、後続の学者たちに批判を浴びたんですけど、ぼくは「リミナリティ」の議論は終わったのではなく、もう一度注目する必要があると思っています。欧米で注目されたことを考えていくうえで、「あいだ」の概念が重要な役割を果たしているんじゃないかと思ったんです。

そこで、まず高橋さんから、「あいだ」ということばを使って、どんなふうにものを考えるとおもしろいか、その入口を示していただけますか？

文章に「あいだ」をつくる

高橋：はい、では始めましょう。最初に、ここ数カ月間で書いたものをもってきました。これらが全部「あいだ」の研究だったということに突然、気づいたんです。これは別に偶然とかシンクロニシティというよりも、気になっていたことを「あいだ」という観点でみると、あっと驚くほど似ていたということなんです。こうやって一つことばがあると、より深く、そのものを見ることができます。まず、いくつか例を挙げてみますね。ご存じの方も多いと思いますが、ぼくたちと同じ明治学院大学の国際学部の教授だった加藤典洋さん（文芸評論家 一九四八―二〇一九）が、最近、亡くなられました。

辻：同じ学部の教員としての先輩であり、同僚でした。ぼくが学生だった頃、カナダのモントリオールで出会い、いろいろお世話になりました。

高橋：ぼくは加藤さんから紹介されてこの職に就いて、加藤さんが担当していた講座を引き継ぎました。亡くなられた後、ショックが大きくて、たのまれた追悼文をなかなか書けませんでしたが、しばらくたって、やっと書くことができました。書く前に、加藤さんの本を何冊も広げて読んでいたら、新しい発見がありました。その話をしたいと思います。

まず、加藤さんのエッセイや評論のタイトルを見ていくと、とても特徴があることがわかります。こういうタイトルです。「なんだなんだそうだったのか、早く言えよ」、「ポッカリあいた心の穴を少しずつ埋めてゆくんだ」、「何でもぼくに訊いてくれ」、「うつむき加減で言葉少なの」、「死が死として集まる。そういう場所」、「少しずつ、形が消えていくこと」、「世界をわからないものに育てること」、「苦しみも花のように静かだ」、「おいしいご飯のような文章を書くには」、「大きな字で書くこと」、「どんなことが起こってもこれだけはほんとうだ、ということ」、「水たまりの大きさ」……。

こういうタイトルをつける人って、世界中に加藤さん以外いないんじゃないかと思いました。たとえば、「死が死として集まる。そういう場所」。これ、評論のタイトルなんですよ。普通なら、「集まる」の後は「。」ではなく「、」で、「死が死として集まる、そういう場所」になるはずです。この「。」と「、」との違いはもしかしたらものすごく大きいのではないか。どういうことかというと、「死が死として集まる。」で、このタイトルは一回終わっています。読んでいくと、「死が死として集まる」という発見があり、読者は一度立ち止まる。でもそこで終わりではなく、そういう発見の場所があるよ、ということで、次のメッセージの「そういう場所」になるわけです。つまり、このタイトルは「死が死として集まるんだよ」というメッセージで一回途切れて、「皆さん、そのことを考えてもらえましたか？　ぼくも考えました」。それから、「ぼくはそういう場所の問題について書くつもりです」と改めて続くんです。

普通、ぼくたちはできるだけ早くメッセージを伝えたいと思って書くけれど、加藤さんは、「そんなに焦って聞かないでくれ」と言っているんですね。だから、わざと中断した。そして、「ほらもうすっかり受け身になって聞こうとしているでしょ、他人の話はそんなに真剣に聞いちゃだめですよ。なぜなら、自分で考える時間がなくなっちゃうから」と言っている。読者としての自由を保障するには、「そんなに食い入るように聞いてはいけない」と注意を促しているんです。

これは大事なことですよね。ぼくたちは真剣にものごとを考えなければいけないけれども、同時に何かを読んだり、何かを聞いたりするとき、素直に聞きすぎることがあります。それは、実は危険なんです。その時間はその相手に世界を奪われている。だから加藤さんは、「一回止まれ」というわけです。「死が死として集まる」。そこで、「止まれ」の号令がかかる。止まった瞬間に、時間も止まる。加藤さんが提出した問題の前に、加藤さんと読者が同時に佇んで見ている。

ぼくはこれを、「『あいだ』をつくる文章」だと思います。そしてそれはことばをつくる作業として、とても大切なことだと思うんです。何かを言った後に時間をあけ、読者に選択の時間を与える、読者に自由に「ものを考える時間」をつくる。それを示しているのが加藤さんのタイトルなんですね。

辻：「あいだ」をつくる文章ですか。「あいだ」で考えるわけですね。

高橋：はい。加藤さんは、ぼくのデビュー作である『さようなら、ギャングたち』の解説の中で、小説の冒頭の文章の分析をしてくれています。小説の冒頭の文章はこうです。

——昔々、人々はみんな名前をもっていた。そして、その名前は、親によってつけられていたものだと言われている。

そう本に書いてあった。

大昔はほんとうにそうだったのかもしれない。

そしてその名前は、ピョートル・ヴェルホーヴェンスキーとか、オリバー・トゥイストとか忍海爵《おしぬみじゃっく》とかといった、有名な小説の主人公と同じような名前だった。

ずいぶん面白かっただろうな。

「おいおい、アドリアーン・レーベルキューン殿、貴公いずこに行かれるのか？」

「どこへいのうとわいのかってやないけ？　そうやろ、森林太郎ちゃん」

今はそんな名前をもっている人間はほとんどいない。政治家と女優だけが今でもそんな名前をもっている。


加藤さんはこの文章の中で、三行目と四行目と七行目はなくてもいいと書いている。どこかというと、「そう本に書いてあった。」「大昔はほんとうにそうだったのかもしれない。」「ずいぶん面白かっただろうな。」の三箇所です。加藤さんはこう説明しています。

――ここで何が普通の小説の文章とまったく違っているかというと、この文章の第三行目、四行目、七行目は、いわば世界に新たな氷結を促すため、ここに送り込まれた先の文の文脈とはいったん切れた文で、これは、先の文の文脈を殺し、新たな文脈をつくる、殺し屋である。ここでそれまでの文の文脈はポキリと音を立てて脱臼している。ポキリ、ポキリ、そして二行おいてまたポキリ。高橋源一郎の言葉が好きだという人は、このポキリ、ポキリと堅い骨が次から次に脱臼し――氷でいうと先の氷が壊れ、その先が新たに再氷結していく――リズムが快いのだし、全然わからん、という人は（そういう人もいまはいないだろうが）ここのところを味わう感受性が、残念ながら、ないのである。

この冒頭の文章を書いた時のことをよく覚えているんですけど、三行目、四行目、七行目をいちばん真剣に書いたんです。この部分をとるとわかりやすい文章になるのはわかっていました。でも何か、言い方が難しいんですが、真剣に読まれすぎないようにするにはどうしたらいいかなって考えたんだと思います。その結果、「余分」な三行目、四行目、七行目が生まれた。そのとき、ぼんやり考えていたのは、「すばらしい詩の欠点は感動しすぎること。その結果、その詩に呑み込まれてしまう。それではいけない。感動しながら、同時に醒めていなければならない。どこかで、その感動をかすかに疑ってもらえるのがいい……」

それが、「あいだ」をつくる意味ではないかと思います。「あいだ」をつくることで、その時ぼくらは受けとるべきもの以外の余分な何かを受けとる。するとぼくたちは少し不安になる。これは何だろうと怯えや恐れを感じる。そのことが感動より大事なんじゃないかって思うんですね。

辻　：ほう、怯えとか恐れのほうが、感動より大事！

高橋：もう一つ、加藤さんの「あいだ」をつくる仕事で徹底的だと思ったのは、『敗戦後論』という大変な論争になった評論です。いくつも論争になった点はあるんですが、とりわけ前の戦争の「敗戦」について、先に鎮魂されるべきなのは、日本軍によって殺されたアジアの人たちなのか、日本人の死者なのかということなどについて……。でも、ぼくがいちばん深く考えさせられたのは、戦争とは直接関係のない、ハンナ・アレント（ユダヤ人の哲学者・思想家 一九〇六―一九七五）について書かれた部分でした。加藤さんは、これを「語り口の問題」と呼んでいます。

ざっと説明すると、ハンナ・アレントというユダヤ人の偉大な女性哲学者が戦後に行われたアイヒマン裁判を傍聴して、その裁判についての詳細な評論を書きました。アイヒマンは、強制収容所、アウシュビッツの移送局長官として、膨大な数のユダヤ人の移送を指揮した責任を問われてイェルサレム（エルサレム）で裁判を受けるんです。そこに世界中からジャーナリストが集まり、ハンナ・アレントも『ニューヨーカー』という雑誌に依頼されて取材をしました。それを雑誌に掲載した後に『イェルサレムのアイヒマン』（みすず書房、一九六九年）という本にします。大変有名な「凡庸な悪」ということばもここから生まれました。

この記事は、雑誌に発表した直後に大顰蹙《ひんしゅく》をかいました。戦後のアメリカの文化的な話題の中でも最も炎上した例ですね。最も激しく批判したのはユダヤ人社会です。その理由は三つあります。第一にアレントが、ユダヤ人を強制収容所に連れてゆくのにユダヤ人組織も協力したと告発したこと。第二に、ドイツにおけるヒトラー暗殺計画があったのですが、いわゆるドイツ保守派のレジスタンスについて、そのことを批判している。この二点はまあ理由がわかるんですが、三番目がいちばん大きな問題になりました。それこそが「語り口の問題」なんです。簡単にいうと、きわめて深刻かつ重大な問題を批判する文章が「軽い」。数百万人のユダヤ人が虐殺された問題についての裁判のドキュメントなのに、文章が軽すぎるというんです。ユダヤ人の知識人層もこの文章にだけは耐えられなかった、と。

たとえば、冒頭の文はこうです。

「[Beth Hamishpath]―[正義の家]。廷丁があらんかぎりの声で呼ばわったこの言葉にわれわれは座席から飛び上がった。」(中略)

「裁判官席のすぐ下には通訳たちがいた。被告か弁護人と裁判官が直接話を交わすときには彼らの働きが必要とされたからだ。それ以外の場合には、ドイツ語を話す被告とその弁護士は、他のほとんどすべての人々と同様にヘッドフォンをつけて、同時通訳によってヘブライ語で行われている審理を聞いていた。フランス語の同時通訳は優れており、英語のはまあどうにかという程度のものだったが、ドイツ語のはまったく滑稽な、しばしば意味がわからないこともある代物であった。」

たしかに、「われわれは座席から飛び上がった」とか、通訳は「意味がわからない代物だった」なんていう部分は必要ないでしょう。というより、その嘲笑的な表現は削除するべきだ。そう考える人たちがすごく多くいたということです。ここに、さっきの「三行目、四行目、七行目問題」があるんです。でも、その部分は「いらない」のではなく、『イェルサレムのアイヒマン』という作品を書くために必要だった。でもそのことについて、アレントは何も語っていませんが……。

加藤さんは、アレントの「軽薄な」語り口の対極にあるものとして、『敗戦後論』の加藤さんを批判した高橋哲哉さん（哲学者 一九五六〜）の文章を引用しています。こういう文章です。

――長い忘却を経て歴史の闇の中から姿を現した元慰安婦たち、彼女たち一人一人の顔とまなざしは「汚辱を捨て栄光を求めて進む」「国家国民」の虚偽あるいは自己欺瞞を、最も痛烈に告発する「他者」の顔、「異邦人」ないし「寡婦」のまなざしではないだろうか。この記憶を保持し、それに恥じ入り続けることが、この国とこの国の市民としてのわたしたちに、決定的に重要なある倫理的可能性を、さらには政治的可能性をも開くのではないか。

これに対して、加藤さんはこんなふうに言っています。

――日本の場合だったら、南京大虐殺、朝鮮人元慰安婦、七三一部隊などの問題に対して、そういうものの前で無限に恐縮する、無限に恥じ入ることが大事だという高橋さんのような人がいる一方で、これでは脈がない、これは違う、これはいやだ、思想というのはこんなに、鳥肌が立つようなものであるはずがない、という僕みたいな人間もいる。

これ以上詳しくは加藤さんは説明していないので、ぼくが補足のために考えてみました。

アイヒマン裁判はもともと判決が死刑だと決まっていて、アイヒマンに罪があることは一〇〇%確実です。ではなんのために裁判をするのか。それは「儀式」だからです。すぐに死刑にできないから儀式として裁判をする。するとどうなるか。それを伝えることばも全部儀式になるということです。いかにアイヒマンが悪いかという報告が延々と続く。結局、アイヒマン裁判で証明されるのは、「正しいことは正しいよ」。そのことを自明の前提として見るぼくたちには、何も関与できないということなんです。

では、どうすれば関与できるようになるのか。それをやったのがアレントなんです。いわば「正しい」文章に三行目、四行目、七行目をねじこみ、「あいだ」をつくった。その「あいだ」に何を入れたかというと、「ユダヤ人だって無垢ではない」「ドイツでナチに立ち向かった人だって無垢ではない」。そう、「無垢」なんてない、誰しもある程度罪深く、またある程度正しい。アイヒマンも絶対悪でなく「凡庸な悪」なんだと。なぜなら彼もまた「あいだ」の存在にすぎないから。そのことを「正しい」文章で書くと、別種のうさん臭さが生まれます。だから、アレントは「正しくない」文章でそれを伝えようとした。それが「あいだ」をあける文章であり、それを書くことがアレントのアイヒマン裁判での態度だったんです。

でも、このことに気づいたのは、これらの文章を読んでからずっと後のことです。どうして気づいたのかは、さっき言ったように、考えさせてくれる「あいだ」がその文章にあったからです。ぼくの入ることができる隙間があった。文章に「あいだ」をつくるのは、考える隙間をつくるというやり方なんですね。

辻　：なるほど。しかも裁判の場所はエルサレム。ドイツでもなければ、アイヒマンが捕まった南米でもなく、戦後建国されたイスラエルに連れてきてやった。まあ一種の劇場のようでもありますよね。

高橋：そして、そのことについて誰も文句をいえない。ユダヤ人数百万人の犠牲という事実の前には、どんな疑問も差し挟むことができない。でも、「おかしいよって言えない」ことがある以上に、「おかしい」ことはないはずなんですよ。アレントは、「あいだ」をつくる文章を書くことによって、異義申し立てをした。誰もが絶対だと思うものを批判していくには「あいだ」のある書き方が必要だった。実際、アイヒマン裁判の内容について具体的な批判はそんなにないんです。

辻　：あとで『ニューヨーカー』が、あまりにも長すぎるので切り縮めるようにと言ったけど、アレントはそれを拒否しますよね。全体掲載を主張する。つまり、一見不要に見える「あいだ」を取ってしまってはいけないということだったわけですね。

時代の「あいだ」を生きた人たち

高橋：二番目の話は、批評家の江藤淳さん（文学評論家　一九三二－一九九九）の没後二〇年の講演会です（『新潮』に掲載）。ぼくの前に話したのは上野千鶴子さんでした。上野さんも、江藤さんの本のタイトルには一つの特徴があって、「と」が多いということを指摘していました。「&」ですね。『アメリカと私』『成熟と喪失』『漱石とその時代』『文学と私』『戦後と私』『自由と禁忌』……。なぜ「&」ばっかりなんだろう。

もう一つ、「と」の前後はほとんどの場合「同じ」ではなくて、『成熟と喪失』、『自由と禁忌』というように相反することばが「と」で結びついている。『文学と私』『戦後と私』『アメリカと私』では、大と小、「私」と「私より大きいもの」という対比になっています。ほぼ最晩年に書かれた『妻と私』だけが違うんですね。この最後の「と」は、ほんとうの「対」となって消滅してしまう。亡くなった奥さんの後を追って、江藤さんは自死を選ばれましたから。

それと関連したことなんですが、ぼくは去年（二〇一八年）、ラジオの番組で今読むべき戦争文学として三つ作品を紹介しました。向田邦子の『ごはん』、野坂昭如の『戦争童話集』、小松左京の『戦争はなかった』です。普通、戦争文学というと、大岡昇平の『野火』や、野間宏の『真空地帯』などを思い浮かべるけれど、ぼくが選んだのはそれらではなかった。なぜその作品を選んだのか、放送前日になって突然気がついたんです。三人の作家の終戦時の年齢を調べてみると、一六歳、一五歳、一四歳で、中三から高二ぐらいの同じ年齢層なんです。

そのことが気になり調べてみたら、江藤さんも終戦時一三歳で、そのグループに入っています。江藤さんは、『昭和の文人』という作品の中で、福沢諭吉の「一身で二生を経る」ということばについて考察しているんですが、「一つの身で二つの時代を生きる」とはどういうことかというと、生きているあいだに時代が変わってしまうことです。二つの時代を生きることを、「一身で二生を経る」と呼んだのです。

ぼくが選んだ作家たちはまさに、「一身で二生を経る」経験をした世代だった。しかも時代の「移行」期間が、いちばん感受性の柔らかい青少年時代だったこと。もっとも感受性が柔らかな時代に軍国主義教育を受け、戦争に負けたら民主主義教育にがらりと変わり、その教育を受けた世代なんです。「天皇陛下万歳」と言っていた同じ先生が、「民主主義万歳」と変わってしまう。それをまざまざと見たのが「一身で二生を経る」世代。まさに時代と時代の「あいだ」を生きた人たちだと思いませんか？　その「あいだ」を生きなければならなかった複雑な世代の中に、向田邦子も野坂昭如も小松左京も入っている。作品全体に不思議な緊張感が漂っていて、「あいだ」を生きた人たちの独特の言語感覚があると感じました。

この一九四五年問題はわかりやすい例ですが、その前にも、日本で「一身で二生」を生きた時代がありました。福沢諭吉が言及していますが、明治維新のあたりです。明治も初期の頃は感覚的には江戸時代と変わってなくて、江戸の庶民は天皇のことをあまり知らなかった。「西から変な人が来るらしいよ」なんて（笑）。ずっと江戸幕府のもと、将軍様が支配者だったんですから。

この感覚がどこまで続いたかというと、ターニングポイントになったのが明治一五年の西南戦争です。その頃になってようやく、「天皇が偉い」ということに人々は気づいていった。江戸的なものから明治への変化が起こったその頃、夏目漱石、正岡子規、幸田露伴、南方熊楠、みんな一五歳で、「一身で二生を経る」世代だった。彼らはものすごく優秀で、同時にその前後の世代とは隔絶したところがあるように思えます。きっと「あいだ」を生きねばならなかった世代だからなんでしょう。

「あいだ」を動く人たち

高橋：三番目は、「あいだを動く」です。ぼくは、『ヒロヒト』という小説を『新潮』に連載していて、今「震災と女たち」という章を書いています。その中に、金子文子（革命家・アナキスト　一九〇三―一九二六）という大逆事件で逮捕された女性革命家が登場します。映画『金子文子と朴烈《パクヨル》』（イン・ジュンイク監督　二〇一九年）も公開されましたね。

ちなみに大逆事件というのは、天皇、皇后、皇太子、皇族に危害を加えようと画策しただけで罪になる「大逆罪」を犯した事件を呼びます。日本で四度起こり、有名なのは幸徳秋水たちが逮捕された明治四三年の事件で一二人が死刑、一二人が無期懲役に処されました。それ以外にも、難波大助が当時の皇太子を襲撃した虎ノ門事件や、李奉昌《イボンチャン》が昭和天皇を襲った桜田門事件などがあり、四件目が金子文子とパートナーの朴烈《パクヨル》（朝鮮の社会運動家、無政府主義者　一九〇二―一九七四）が起こしたものでした。二人は、関東大震災の直後、朝鮮人虐殺の最中に逮捕されます。文子は捕まったとき二一歳、そして二三歳で獄中で自死したとされています。文子は一三～一五歳の頃朝鮮にいて、朝鮮の人たちが圧迫されるのを見て育ち、日本に戻ってきて、朴烈の書いた詩に共鳴して同志になります。彼女はほとんど教育を受けていません。戸籍がなかったから、小学校にも中学校にも行けず、自力で学びました。そして刑務所で膨大な自伝を残したのですが、これを読むと、すばらしい知性のもち主であったことがわかります。

文子をすごいと思うのは、当時、朝鮮人虐殺が起こったように、日本人と朝鮮の人たちとの「あいだ」には大きな壁があったのに、それを楽々越えていることです。日本と朝鮮の「あいだ」、日本人と朝鮮人の「あいだ」、日本語と朝鮮語の「あいだ」を、自由に行き来することができた。つまり、彼女は「あいだ」を動く人だったんです。彼女が見た風景は、おそらくほとんどの日本人が見ていた風景とは違うと思います。動いている人間が見ている風景は、ある一定の場所から動かない人間が見ているのとは違うのですね。どんなふうに違うのかも話したいところですが、長くなるのでまたいつか。

皆さんご存じのように、現在も日本と韓国には摩擦がある。というか、それは日本政府と韓国政府が勝手につくり出した部分も多いんですが、やはり互いのことを知らないということも大きいと思います。知人がこの前「韓国は反日教育をやってるからね」と言うので、「どういう教育か知ってるの?」と訊いたら、「いやよく知らない」。ひどい話でしょう? 知らないのに言っている。何ごとも「知る」ことが前提ですよね。

ここ最近、いろんな国の歴史教科書を読んでいるんですが、教科書にはその国の自画像が描かれている場合が多い。同時にそこに書かれている日本は、ぼくたちが知っている日本とは少し、ときにはかなり違っています。それは、ぼくたちが「外」からどう見られているかを教えてくれます。韓国の小中高の歴史教科書は、かなり日本に対して厳しい描写もあるけれど、被植民地国の教科書なら当然だと思いました。日本人と日本帝国主義をちゃんと区別して書いているし、不必要な憎しみを煽ってもいないんです。ただ、多くの日本人が知らないような事実が大量に書かれている。それは、朝鮮、韓国の人たちにとって歴史教育が、宗主国の統治からどうやってアイデンティティを回復していくかが本質になっているからだと思います。統治していた側の日本がそれを批判できるでしょうか。もし有意義な批判があるとしたら、どんな論理があるのか、考える必要があると思います。

他の、植民地にされていた国の歴史教科書もすごいですよ。同時に、「公定」の歴史教科書は、どの国でも危なっかしい爆弾のようなところがある。公定や国定なら、当然国家の意思が反映されているわけですからね。ちなみに日本の歴史教科書はおそらく世界で一番薄く、そして、ほとんど愛国的じゃない（笑）。意外と中立的で、そもそも歴史に興味がない感じがするんですよ。

子どもから大人への「あいだ」は大事

辻　：高橋さんのお話を聞いた上で、ぼくが最初に言ったことをもう少し整理してみたいと思います。まず一つは、「あいだ」とは何かと何かの間で、その何かが「こと」だったり、「もの」だったり、「ひと」だったりするわけです。そして、AとBの間に線を引くと、広がりとしてあったはずの「あいだ」はしぼんで、「あいだ」はそれ自体ではなくなってしまいます。そこで高橋さんが言われた「あいだをつくる」という営みが出てきます。「あいだを生きる」とか、「あいだを動く」というのも、実は「あいだをつくる」と同様、見えなくなってしまった「あいだ」を可視化したり、なくなりかけた「あいだ」に息を吹き返させる営みだと考えられますね。

そして、ヴィクター・ターナーが「リミナリティ」ということばで注目した「あいだ」の問題ですが、彼の先駆けとしてファン・ヘネップ（フランスの文化人類学者・民俗学者 一八七三―一九五七）がいて、「通過儀礼」を分析して、「分離」「過渡」「統合」という三つの段階に分けたんです。どの文化でも人は誕生から死まで、人生の節目で儀礼を経ながら、成長し、大人になり、年老いていく。別に区切り目があるわけではなくて、成長も老化も連続的変化ですけれど、そこにそれぞれの文化が人為的な境界をつくり、それを通過することで一人前の人として認められるわけです。その「通過儀礼」の中でも特に三段階の真ん中にある、「過渡」に注目して議論を展開したのがターナーでした。

ンデンブ族の「成年儀礼」で、若者たちはまず「分離」によって、それまで自分が所属していたはずの社会から切り離されます。「過渡」の段階では、いわば古いアイデンティティを失ってはいるけれど、代わりになる新しいアイデンティティもまだ獲得していない状態です。社会から切り離されているけど、まだ社会へと再度「統合」されていない。ターナーはこのどっちつかずの曖昧な段階を「リミナリティ」と呼びました。しかし、この曖昧さや中途半端さは単にネガティブなものなのではなく、実はこの「あいだ」にこそ重要な役割があると考えたわけです。

その「あいだ」の状態でいったい何が起こっているのか。子どもが子どもであるというのは、その人が所属する社会によって構造的に規定されていることで、子どもはみな社会的に規定された「子ども」というステータスを生きて、「子ども」という役割を演じています。大人も同じことで、社会構造の中の「大人」なんです。その真ん中にある「成年儀礼」では、参加者たちはいわば構造の狭間にいると考えられるわけですね。ターナーのことばで言えば、「リミナル」な、つまり「敷居の上」状態にある若者たちの中には、平等意識や共同体的なつながりが生じるんです。これをターナーは「コミュニタス」と呼びました。

高橋：コミュニタス、ですね。コミュニティとの違いは?

辻　：通常のコミュニティの絆みたいなものを剝ぎ取られたところに生じるので、「コミュニタス」は「コミュニティ」に対して、もっと原初的で根源的なイメージでしょうか。ターナーは合わせて「アンチ・ストラクチャー（反構造）」ということばさえ使っていて、とにかく「アンチ」好きだったぼくなんか、それだけでわくわくしたものです（笑）。

がっちりしたものに見える社会構造の中に隙間があって、そこに「反構造」が息づいている、というのは大切なことだと思うんです。とはいえ、「過渡」の段階を過ぎて、若者たちはまた社会構造へと再統合されていくわけですけどね。それでも、1から3へポンと飛ぶのではなくて、間にちゃんと2がある。構造と構造の「あいだ」に「反構造」が生きている。そのコミュニタス的エネルギーに助けられて若者たちが変成を遂げ、生まれ変わった人としてまたコミュニティに迎え入れられ、社会もまた更新され、再生する。こういうことが大切だと思うわけです。

「反構造」というと、構造に敵対するもののように思われるけど、そうじゃないんですね。構造が秩序を支えるわけだから、安定的なものであることは当然でしょうが、だからと言ってガチガチに固定的で、弾力性をもたない構造はやはり危ういでしょう。世界は常に流動しています。個々人の人生だって日常的な秩序の安定が必要だけど、その一方で変動し続けていて、何ものも不変ではありえません。その意味で、構造の中に「反構造」という要素があればこそ、構造もまた持続可能でありえるんじゃないか。そう考えると、「通過儀礼」という個々人の大きな節目となる移行期に、どっちつかずの「あいだ」をもつことが、個人にとっても社会にとっても大切なことなんだと思います。

高橋さんの言う「あいだをつくる」や「あいだを生きる」というのは、近代化した社会の中で、表現者たちが自前のコミュニタスや「反構造」をつくり出そうという試みだったのかもしれないと思いました。さらにちょっと極端なことを言えば、生きるということ、それ自体が「あいだ」であるということですよね。生きるってことはプロセスで、常にすべてが変転していく。その意味では、一刻一刻がAとBの「あいだ」であり、命そのものが常に自らを創り出しながら、刻々自らを再生していく営みであると言えます。

みんな、生と死の「あいだ」にいる

辻：さて、ここからはぼくが用意してきた話を二つさせてもらいます。一つ目はお盆にちなんだ話です。お盆はご先祖たちの魂が帰ってくるのを迎える、生者と死者が交流する期間といっていいでしょう。つまり、生と死の「あいだ」の話です。

ぼくの兄、大岩剛一が四月末（二〇一九年）に亡くなりまして、仲が良くて大好きな兄でしたから、亡くなる前後半年あまりは、ぼくにとって、なんていうのかな、英語で言うとインテンスでありながら、かつ非常に充実した、何かと何かの「あいだ」の「リミナル」な時間だったんです。

去年の暮れぐらいからぼくの体と心にいろんな変化が起こって、兄が亡くなってから数カ月は、魂が抜けちゃったような感じでした。ぼくと兄とは昔から非常に親しくて、魂を共有していたようなところがあったから、二人のうち片一方がいなくなったら、そのぐらいのことはあるよなって感じはしていました。先日、ドイツから来日した植物療法士の友人にその話をしたら、「いや全くその通りだ」と言うんです。実際にそういうことはあって、共有していた魂の一部が親しくしていた死者とともに行ってしまうので、残されたほうは魂が抜けた状態になる。「でも、大丈夫、しばらくするとちゃんと戻ってくるから」と断言してくれて、とてもうれしかった。戻ってくることもだけれど、なにより兄と根源的な何かを共有していたことがうれしかったんです。

誰でも死というものを通して、生と死の「あいだ」を考えざるをえません。生きているっていうことは、生きていない状態から生きていない状態までの「あいだ」です。もちろん人間だけじゃなく、すべての生きものがその「あいだ」を生きているわけだけど、それを生まれる前と死んだ後の「あいだ」として意識しているのは、やはり人間の特徴なのでしょう。そもそも「人間」ということば自体が、人の「あいだ性」を示していると言われます。和辻哲郎（哲学者・思想史家 一八八九—一九六〇）は、「人間とは人と人との間があってこその人間だ」と考えた。人に限らず「もの」や「こと」などからなる、無数の関係性の網の目として人間を見る見方は、古代から世界各地にあったんだと思います。存在していること自体が「あいだ」である、ということですね。

兄は建築家で、今ぼくたちのいるこの建物（横浜市戸塚区にある善了寺聞思堂）の設計をしたのも兄なんです。自然建築といって、徹底して自然素材、木、藁、麻、葦、竹などを使って建てます。やがてはすべてが土に戻っていく、そういう建物建築を目指していました。そして兄が建築家として注目していたのが、「あいだ性」なんですよ。都市、ランドスケープ、里山、そして建築の中の「あいだ」についての関心はとても強かった。たとえば家の内と外の「あいだ」としての縁側、窓、玄関、土間など。「壁」というものも、単に外と内を隔てるものじゃなく、外と内をつなぐものとして見ていました。家そのものが外との関係性の中にあるものではないか、そういうことを考えていた建築家でした。

兄はまた、長く滋賀県の成安造形大学で教えながら、近江学という地域研究にも熱心に取り組んでいました。『近江学』という雑誌に書いた最後の文章、いわば遺稿の一節を紹介させてください。

――古来より、集落を取り巻く山並みの向こうには、先祖の霊が眠る他界が広がっていると考えられていた。お盆になると、祖霊がこの山を越えて村を訪れ、家族のもてなしを受けて再び山の向こうに還っていく。仰木では、先祖の名前が入った「オショライさん」と呼ばれる薄い板（経木）を仏壇に供えるが、昔はザシキの前の縁側にオショライさんを並べた盆棚を置いて、先祖の霊の送り迎えをしたという。

縁側とは面白い場所だ。内と外を隔てるただの境ではない。ある想いが日常の生活圏からはみ出して、どこか遠い、見知らぬ世界に向かおうとする際の起点になっている。縁側があの世からの客を迎えたり送ったりするときの、家のターミナルポイントになっているのだ。

築山《つきやま》とは、いわば身近な生活空間に創り出されたオショライさんのすむ山であり、他界の風景である。お月見もそうだが、昔の家にはこのように実に雄大なスケールの時空を超えた眼差しがあった。だが、どれも現代の住まいから失われてしまった視線だ。

里山は循環する魂の「スミカ」。家の中で、村の辻や道端の地蔵の前で、死者の魂と生きている者の魂が交感し合う終のスミカなのである。（大岩剛一「循環する魂のスミカ――仰木の里山から」『近江学』第一一号 二〇一九年一月一〇日発行、50〜51頁）

ここには、まず生者の世界と死者の世界、つまり他界との関係性が語られています。縁側という空間は、世界中にありそうで実はなかなかないんですね。日本でも、今ではめったにお目にかかれなくなってしまいました。縁側ほど内と外をつないでいるわかりやすい場所はないでしょう。外から人が来て、ちょっとそこに座っていたり、気づくとお茶が出て一服していたり、ベンチのようでもあり、一種のカフェみたいな領域でもありました。人間同士をつなぐ場所とも言えますね。

兄が縁側につながる場所として注目していたのは庭です。小さな庭でも豊かな生態系があり、実にいろんな植物、虫、小動物たち、そして菌糸類から微生物までが暮らす場所です。「すむ」ということばも、「住」を使えば人間が主人というような感じですけど、もう一つの「棲む」を使えば、生物界とのつながりが感じられる。兄はよくそう言っていました。

また、この文章の中には先祖や祖霊が出てきます。昔、鶴見俊輔さん（哲学者・政治運動家 一九二二―二〇一五）が言っていたことを思い出します。「柳田國男が『先祖の話』の中で『先祖になる』ということを書いている、それがとても大事なんだ」と。柳田國男（民俗学者・官僚 一八七五～一九六二）によれば、「ご先祖になる」ために人はよく生きようとしていたというんです。これは今では想像しにくい感覚ですよね。「人間があの世に入ってから後に、いかに長らえまた働くかということについて、かなり確実なる常識を養われていた」という文章もあって、生まれる前と死んだ後の「あいだ」としての人生という考え方がここに出ています。

さて、この柳田の「先祖になる」という話で、最近刺激的な議論を展開しているのが中島岳志さん（政治学者 一九七五～）で、オルテガ・イ・ガセット（スペインの哲学者 一八八三―一九五五）やG・K・チェスタトン（イギリスの作家・批評家・詩人 一八七四―一九三六）などの言う「死者の民主主義」に関連して、柳田のことが出てきます。

オルテガやチェスタトンは当時の民主主義を、今たまたま生きている人間たちだけでなんでも多数決で決めたらいいという考え方こそが問題だと批判し、その時々の生者の都合で憲法が変えられることは危険だと警鐘を鳴らしたのです。チェスタトンは「死者たちにも投票権を」と唱えたほどです。彼らが危惧した通り、ナチス党は多数決で「民主主義的」に政権につきましたよね。そういう「死者の民主主義」という思想の流れがヨーロッパにあったということを、もう一回思い起こして再評価する必要があるんじゃないかと、中島さんは考えているわけです。

「死者にも投票権を」というと、「何をバカげたことを」と思う人がいると思いますが、実は、ぼくたちが生きているこの現実はみんな、過去に生きていた人たちによってつくられたものでできていますよね。民主主義だって、今は亡き人々が遺した遺産です。物だけじゃなく、制度、言語、思想も、伝統や文化すべてが死者たちの遺産なんです。そう考えると、生きている者だけしか視野に入れない自由とか民主主義でいいのか、と思いませんか？

過去が、そして死者たちが見えないということは、未来が見えないことと密接に関係していると思うんです。最近、若き環境活動家グレタ・トゥーンベリさん（スウェーデンの環境活動家 二〇〇三年〜）の発言や行動が世界中で話題になっていますが、彼女が怒りと悲しみを込めて言っているのは、大人たちはまるで未来が存在しないかのように生きている、ということ。死者たちを排除するやり方は、もしかしてこれから生きる人たちを排除することと表裏一体なのではないかと思うんです。グレタさんはいわば、これからの未来を生きる子どもや若い人、さらにまだ生まれていない人たちの代弁をしているんじゃないかと感じました。「死者に投票権を」に倣っていえば、「未来の人々にも投票権を」ということになるでしょう。

さらに言えば、ヴァンダナ・シヴァ（インドの哲学者・物理学者・環境運動家 一九五二年〜）は、伝統的な思想を基に創り出した「地球民主主義」、つまり人間だけでなく、「すべての生きものに投票権を」と考えました。

高橋：なるほど。プルースト（フランスの小説家 一八七一─一九二二）に『失われた時を求めて』という大変有名な小説があります。途轍もなく長いんですが、いちばん最後に主人公は石に躓いて、その瞬間、過去のすべてを思い出す。

過去が蘇ってくるんですね。ぼくはつくづく思うんですが、「人間とは何か」ときかれたら、「その実態は記憶だ」と答えると思うんです。ぼくたちは、まず、この瞬間の自分がいる。でもそれは今ここにいるだけじゃない。ぼくが六八歳だとしたら、六八年分の時間がここにある。「ここ」から生きてきたすべての時間が見えてくる。そういうものが個人なんですね。人間というものは時間的存在なんです。そう考えていくと、人間そのものが「あいだ」的な存在なのだと思うんです。ぼくたちは、点として存在しているように見えるけれど、「内側」から見ると、過ごしてきた時間を生きている。だから「幅」がある。今ここにいる自分はたまたま二〇一九年の八月九日、二〇時五〇分の断面かもしれない。でもそれは長い時間の持続を、ある一瞬でスライスしただけなんです。

「死者の民主主義」の話も、そんな具合に理解できるかもしれませんね。今を生きる個人だけではなく、遥か以前に亡くなってしまった死者も参加する民主主義が、「死者の民主主義」です。そこでは社会にとっての時間が拡張されている。社会にとって個人は「点」に近いものだけれど、もっと「幅」をもって人々を参加させていく、ということです。個人としては、誕生から今、そして死で終わりだけれど、社会は別の時間を産み出すことができる。死者たちを受け入れた「死者の民主主義」、さらにまだ生まれていない人たちのことを考える「これから生まれてくる者たちの民主主義」もあるでしょう。

柳田國男の「先祖の話」は、ぼくも好きです。これもまた一種の「死者を迎え入れる話」ですよね。そうやって柳田は、「家」の概念を拡張させようとした。近代になって、いろんなものの幅が狭くされ、断面だけにされていくなかで、広げていくことを考えた。死者を迎え入れる、つまり「死者の養子になる」ことを「先祖の話」に書いていますけど、柳田の、この死を生に近づけるという考え方は、人間の在り方としては実は自然だったのだと思います。

辻：死者たちが遺したものがなければ、ぼくらは生きられない。中島岳志さんは、生者だけの民主主義の暴走を防ぐために、それを補完するものとして、立憲主義が大事なんだというわけです。憲法に限らず、どこにも書いてないけれどぼくらの生き方を律しているような倫理、道徳、礼儀、常識、態度やふるまい。これらすべてがかなり長い歴史をもったものです。

高橋：そう、ここにあるビール瓶だって、ロウソクだって、考え出した人はみな死んでいる。ぼくたちは、死者たちが考え、つくり出したものの中で生きている。でも、そういうふうに普段は思わない。埋葬された死者は生きている自分たちとは関係ないし、社会は生きている者たちによってつくられているのだと思っている。でも、そう考えるのは傲慢だと思います。死者を忘れてはならない。それは浮かれがちなぼくたちを戒めてくれる存在でもあるのです。

国と国の「あいだ」を考える

辻：さて、二番目に行きたいと思います。それは、国と国の「あいだ」です。ぼくも高橋さんも、国際学部で教えてきたのですが、その「国際」ということばについて改めて考えてみたいと思います。

国際は「インターナショナル」ということばの訳語ですが、昔はけっこう熱いことばだったんですね。六〇〜七〇年代くらいまで、「若者でありながらインターナショナルじゃないのはかっこ悪い」という空気があった。ぼくら若い頃、しょっちゅう歌ってましたよね、「インターナショナル」という歌。「起て、飢えたる者よ、今ぞ日は近し……」。たしか、パリ・コミューン（一八七一年）の時にフランスでつくられた革命歌ですよね。世界中で、まさに労働者階級の連帯を表すものとして歌われただけじゃなく、ソ連でも中国でも、しばらくは国歌みたいに歌われていました。ナショナル・アンセム（国歌）として「インターナショナル」が歌われる、というちょっと矛盾した状況だったわけです。共産主義や社会主義が一国で完結するものではなく、国を超えるものだという理想があった頃のことですね。ところが、ここ四〇年くらい、だんだんこのことばは聞かれなくなりました。いわゆるリベラル派や左派と言われる人の中でも、インターナショナルということばは使われなくなっている。どうしてでしょう？　簡単にいうと「グローバル」の中に呑み込まれてしまったのだと思うんです。国際学部でも、教員や学生のほとんどが「国際って、要するにグローバルっていうことでしょ」という理解なのではと少し疑っています。

さて、国際学部は一九八六年にできたのですが、その意味ではすでに「落ち目」にあったことばを学部名にしたんです（笑）。「グローバル」がキーワードとして表に出てくるのが、新自由主義が主流となる一九八〇年代後半、日本では主にバブル崩壊後の一九九〇年代でしょう。だから国際学部の中身が、創設から一〇年、二〇年を経て、人々の意識の中で少しずつ、インターナショナルからグローバルへと取り替えられていった、というのがぼくの印象です。

では、「国際」とは何かというと、インターナショナルの「インター」が「あいだ」を意味するのと同じように、「際」っていうのは「きわ」ですから、元々は国と国の「あいだ」を意味することばだったわけです。実際、この学部を創った人たちはその「あいだ」に注目していた。「あいだ」といっても線としての国境ではない。現在「国」と「国」の境界と言われているものの両側には、かつて広大な領域が広がっていた。何百年、何千年も、人々はもちろん、モノもタネも様々な生きものも行き来していた。そういう豊かな交流の時空間があったんです。そこから現代世界におけるいわゆる国際問題とか宗教対立、民族紛争などを考えて、平和という目標にアプローチしよう、というのが、国際学部を創った人たちの中にあった発想だったのではないかと、国際学部でのぼくの仕事が終わりに近づいた頃、改めてそう考えました。じゃあ、一方のグローバルとは何なのかというと、国と国の「あいだ」から考える「国際」とは対照的に、国の次元を一挙に超えて、いかに世界中に経済市場を広げるか、という発想です。いわばブルドーザーで世界を均《なら》してしまう、という効率化、均質化の考え方です。

次頁の写真を見てください。この門は、国境なんです。手前がブータン南東部で、向こう側がインドのアッサム州です。国境を歩いて渡れます。日本は島国だから、国境を具体的に意識することがあまりなくて、飛行機に乗って、眠ったりご飯を食べたりしているうちに国境を越して、違う国に着くのがほとんどですが、このインドとブータンの国境は川も何もない平らな場所なのでなおさら、人間

写真１　国境に建てられた門。手前がブータン南東部、向こう側がインドのアッサム州

が線を引いて塀を建てて、国境と呼んでいるだけだということがよくわかります。かつてはろくに塀もなく、人々は自由に行き来していたそうです。ただ二〇年くらい前から、インドからの解放を目指すゲリラなどが活動し始め、一時はかなり緊張が高まった。でも今また平穏が戻ったので、近隣に住んでいる人たちはわりと自由に行き来して、国境の反対側で働いたり、学校へ行ったりしています。

南東部ブータンで人々からよく聞くのが、三、四〇年くらい前までは、村によっては毎年冬場には総出で山を降りて、インド側の集落を訪ねて過ごしたという話です。家畜もみんな引き連れて、民族的にも文化的にも親近感のある少数民族のところに行くことが多かったようですが、それでも何百人からなる村が丸ごと異文化の中に滞在する。これは大昔から行われてきたことだそうで、ホストのほうでも、まるで親戚のように喜んで迎えていた。そこではもちろん交易が行われるわけですが、モノの交換だけでなく人的な交流も盛んで、子どもたちにとっては何よりの楽しみだったといいます。暖かい季節には逆にインドの側から人々が頻繁にやってきた。そんな豊かな交流があったなんて、今ではブータンにも知らない人が多いそうです。

次に、もう一つの「国境」のあり方を見てみたいと思います。イスラエルとパレスチナです。国境といっても、パレスチナは正式には建国されていないし、自治政府があるとはいえ、未だイスラエル占領下にあります。またガザは封鎖されているし、ヨルダン川西岸自治区もほとんどがイスラエルに実質支配されている。イスラエルはどんどん入植を進め、その入植地を守るという名目でいたるところに分離壁という壁を巡らせている。その壁の両側に広がる世界はとても非対称的です（詳しくは第

5章「パレスチナの『壁』をめぐって」を参照)。

この壁という境界から遠く身を引き離して、その両側が見える位置に自分を置いたイスラエル人、ダニー・ネフセタイ(木製家具作家 一九五七年〜)と会って親しくなりました。秩父の山奥に住んで、家具職人として働くかたわら、平和活動に熱心に取り組んでいる。いっしょにいるだけで楽しくなってくる愉快な人です。『国のために死ぬのはすばらしい?』(高文研、二〇一六年)には、彼の人生や思想がわかりやすく書いてあり、講演の動画もネットで観られます。彼の話を聞いて、国と国の「あいだ」というテーマについて、改めて考えさせられました。

彼はイスラエルに生まれ、高校を卒業後、徴兵制がありますから、三年間空軍の兵士になって、最後にパイロットとして本物の兵士になるためのテストを受けます。パイロットはエリートです。でも彼は落第してしまいました。四〇名受かるところ、彼は四二番目だったといいます。兵役を終えた他の若者と同様、彼は旅に出ることにしました。

彼が兵士だったのは一九七〇年代で、一九六七年の戦争でイスラエルがパレスチナを占領した後のことです。五日間くらい基地に住み込んで働くと、週末は誰もが自分の家に帰ります。週末にはしょっちゅうデモがあったそうで、兵士の多くはそのデモに行っていたというんです。それは反戦デモなんですね。デモに参加して「戦争反対!」と叫んで、また五日間兵士として働く。そこに彼はなんの矛盾も感じていなかったという。兵士になった時は、先人たちが二〇〇〇年の迫害の歴史を経てつくり上げたイスラエルという国のために働けると、心からうれしかった。しかし一方で、家族、親族、そしてコミュニティの人たちと共有していた反戦という信念も揺らぐことはなかった。また、当時はイスラエル占領下とはいえ、友だちづきあいでも、買いものでも、観光でも、商売でも、パレスチナ側には自由に行くことができたそうです。

兵役を終えた旅では、多くの若者があまり金のかからないアジアや中南米を目指すのですが、彼は、世界でいちばん物価が高い国と言われていた日本に行ってみたくなったと言います。戦争を放棄した平和の国というイメージに憧れてもいたらしい。実際日本に来てみたら、意外とお金がなくても暮らせることがわかります。「パンノミミ」というマジックワード（!）だけ覚えて、パン屋さんに行くと食べ物がもらえるから（笑）。それに味をしめて、しまいには日本に移住してしまうんですね。

彼のバックグラウンドですが、父方の祖父母がポーランドから一九二〇年に、母方の祖父母はドイツから一九二四年に、イギリス統治下のパレスチナにやってきました。一九四八年にイスラエルという国ができるまで、ユダヤ人もこの地をパレスチナと呼んでいたんですね。その父方のおじいさんの出身地の町が、なんとあのアウシュビッツなんです。パレスチナに移住した後に、ナチスドイツが台頭してポーランドを占領し、しまいにホロコーストで彼の一族は遠い親戚まで全滅します。おじいさん自身はパレスチナで結婚し、子どもや孫に恵まれ、ユダヤ人の国イスラエルも誕生した。しかし、一九五〇年代にとうとう何かに耐えきれなくなって自殺してしまう。

ダニーが、イスラエル女性によって書かれた『空間と意識からの消去』（未邦訳 二〇〇八年）という本を紹介してくれました。それによると、イスラエルが一九四八年の独立とともに、四一八にものぼるアラブ系パレスチナ人の村々を破壊し、六〇〜七六万人もが殺されたり、近隣の国々への難民になったりした。イスラエル政府は物理的に村々の痕跡を、また意識や記憶から事実を消し去ろうとした。そのやり方が実に周到なものだったという。そのことを知っているイスラエル人は非常に少ないそうです。

エルサレムでアイヒマン裁判が行われたのが一九六一年。これもダニーに聞いたことですが、その裁判の後に、後に首相にもなるゴルドメイヤーという女性閣僚が、非常に重大な発言をしているんです。「これだけのことが我々ユダヤ人に起こったということが判明した以上、これからは世界の誰も私たちを批判することはできない」。ダニーによれば、このことば、この考え方の上にイスラエル国家が建てられたというんです。一九五七年生まれのダニーにも、この考えがいつのまにか刷り込まれて、それに気づいたのは日本に来てからだということです。

日本にやってきてからも彼は反戦平和の活動を続け、パレスチナ問題に関してイスラエルへの批判的な意見を発信し続ける。そういう彼にさらなる人生の転機がやってきたのは、二〇〇八年です。イスラエルによるガザ地区への激しい攻撃があって、一四〇〇人のパレスチナ人が殺害され、そのうちの四五〇人が子どもだった。ダニーはこれに衝撃を受けたんです。先ほどパイロット試験に四二番目で落第したと言いましたが、試験に受かってパイロットになった四〇人は、まちがいなく空爆で人を殺したはずで、彼も試験に受かっていたら殺していたでしょう。根本的なところでは自分の国を信じてきたけれど、子どもを含む多くの人たちを一度に殺し、しかも、国内から何一つ疑問が出てこない。不審に思った彼は、知人に片端からメールを送りました。自分の親戚、友人たちはもちろん、政府の人、軍人、活動家、その誰もが「しかたがなかった」と言う。それを機に、ダニーは国というものの自体を疑わなければならない、という視点をもちました。

次の転機は二〇一一年の福島原発事故で、ここでも彼は国というものの本質を見せつけられました。それ以来、彼は自分の仕事の半分を家具作り、半分を平和のための活動と決めたのです。ちなみに彼が好きな家具はちゃぶ台で、丸いから皆でそれを囲めば誰もが中心になる。そこに平和の思想が体現されているから、ちゃぶ台をつくることは平和に寄与することだと言っています（笑）。

彼の話には、国というものについて考えさせられるポイントがたくさんあります。多くの問題が国と国の対立から起こるように見えるけど、そもそも国の成り立ちそのものに本質的な問題があるのではないか。ずっと父祖の地を離れ、世界中に散らばって迫害されながらディアスポラとして生きてきたユダヤ人が、自分たちの国をつくった途端に、何か本質的な問題を抱え込むことになった。そして他者を迫害し、難民化させる側へ変質していく。どうも国と国の「あいだ」から問題が起こるというより、むしろ国そのものが「あいだ」を見えなくしてしまう性質をもっているらしい。人々は国に取り込まれていけばいくほど、国と国の「あいだ」を見失っていく。国は国境という線によって成り立っているけれど、さっきも言ったように、線は「あいだ」を消し去るものなんです。つまり、国境は「あいだ」をなくすことで国をつくっていると言えます。

高橋さんが話してくれた「あいだをつくる」「あいだを生きる」「あいだを動く」というのは、国と国の「あいだ」に関しても言えることですね。国家というものに絡めとられて、身動きできず、想像力も働かないようにされないためには、「あいだ」が秘めている力が必要だと思うんです。

高橋：国と国の「あいだ」という話に、ちょっとつけ足してもいいですか。ぼくがさっき話した江藤淳の作品のタイトルは「アメリカと私」ですが、「国」と「人」がはっきり分かれています。江藤淳は、保守主義者、国家主義者ともいわれましたが、個人が国家に埋没することにははっきり反対していた。国家のような巨大なものとは「と」で個人を分かち、立ち向かう。それが江藤さんにとっての「文学」の在り方なんだと思います。

今、みなさんもご存じのように、ヘイトスピーチや嫌韓といったことばで象徴されるような、攻撃的な人たちが増えています。彼らの考え方の根底にあるのは、ある特定の集団への帰属意識です。彼らが帰属している集団とは、一義的には「日本」という国ですが、それも現実のものというより、彼らが信奉する「日本」という国なのです。そして、そんな「国」と一体化して反対者を攻撃している。そのとき「私」＝「国」で、自分を攻撃する者は国を攻撃している、という論理です。けれど国家と個人は違います。まず、何かに帰属するとはどういうことかと考えなければならない。そのためにはいったん国とも手を切って、そこに「と」を媒介させればいいのです。国はある、人もいる。そしてこの場合、「と」は、二つのものの「あいだ」の距離なのです。日本という国家VS自分。そんな場面について考えてみる。極端なことを言うと、これが何かを考えることだ、とも言える。きちんと考えるには「あいだ」をつくらなければ困難です。国と国とを勝手に戦わせる人たちに対しては、考えるべきなのは「国と自分」なのだ、と言わなければならないんです。

「自由」をキーワードに

辻　‥前に出た「死者の民主主義」ということを敷衍《ふえん》して考えてみると、「国」というのもとても新しい物語ですよね。だから、国が生まれる以前の人間の在り方、交流の仕方とか、そういうものから考えない限り、平和をどう実現するかという問いは虚しいものになるんじゃないかと思うんです。ぼくの場合は「文化」という概念を中心に置くんですが、さっき出た話のように、文化というものも、いつも「死者の文化」なんです。ぼくたちは生まれてから文化をつくったのではなくて、死者たちが営々とつくり積み上げてきた文化の中に生まれてくるんです。そしてその中に浸されて育つ。何千年、何万年も、人々はそうしてきた。その意味では、言語だって「死者の言語」です。しかし、現代世界は伝統文化が継承されにくい、歴史的にとても異常な状態の中にあると思います。ぼくたちの時代というのは、死者からの分離、過去からの分断、そして文化の破壊こそが、「自由」の名のもとに追求されてきた「反文化」の時代だと思う。その意味でも危機的な時代だけど、文化を再生させていく、創り直していくという意味では、考えようによってはエキサイティングな時代なのかもしれません。

そこで「あいだの研究」でこれから深めていきたいテーマの一つに、「自由」をあげておきます。世界各国で民主主義を脅かしているのが、経済的自由主義とか、新自由主義とかと言われる思想です。金儲けの自由、他者を蹴落とす自由、環境を壊す自由、未来の世代の資源をとりつくす自由など、その意味で「自由」は始末に負えないことばです。でも、本来はぼくらにとってはかけがえのないことばでもあったはずですよね。だから、ちゃんと考え直してみたい。その時に大事なのが「あいだ」だと思うんです。

「あいだ」について考えることを通じて、自由の本質的な部分が見えてくるんじゃないかなと期待しています。文化を壊す、人間と自然界の関係性を壊す、コミュニティを壊す、「あいだ」を壊すこと＝自由であるというマインドセット、そういう物語にぼくらははまりこんでしまったのではないか。本来は、何かと何かの「あいだ」にある関係性にこそ、自由の基盤があったんじゃないかってね。前にも話に出たオルテガが、「民主主義の本質は制約であり、不自由である」と言っています。またカール・ポランニー（ウィーン出身の経済人類学者、一八八六―一九六四）は、「義務や責任からの自由」ではなく、「義務と責任を担うことによって自由」なんだ、と。ちょっとギクッとするでしょ。ぼくらは、まるで自然界の制約なしに生きているかのような、空気や水に依存しないで生きているかのような幻想から離れなくてはいけない。「制約からの自由」の代わりに、「制約への自由」というのを考えてみたいと思うんです。

高橋：資本主義の本質とは、創造的破壊、クリエイティブ・ディストラクションであると言われます。外部を見つけて壊す、壊して資源にして消化する。これが資本主義の一種の本能で、外に向かって壊していく。それを資本主義の推進者たちは「クリエイティブ・ディストラクション」ということばにしました。これが怖いのは、「クリエイティブ」ということばをくっつけたこと。そこにごまかされないでほしい。ディストラクションが本質なんです。

実は文化に関しては、破壊よりも守る、メインテイン、維持する、過去をさかのぼることのほうがずっと難しく、歴史の長いスケールの中で考えていく必要があると思っています。

第2章

「あいだ」を広げる二つの視点

酒井抱一
蜀山人
恋川春町
山東京伝
濵野ちひろ
ラルフ・ウォルドー・エマソン
ヘンリー・デヴィッド・ソロー

この章では、二人の論者に、それぞれの視点から「あいだ」について論じていただくことで、「あいだ」という概念の可能性をより広げ、深めたいと思う。一人は、元法政大学総長で江戸文化研究家の田中優子さん、もう一人は、コミュニティデザインの山崎亮さん。お二人には、二〇一九年一一月に開催された「『しあわせの経済』国際フォーラム」(明治学院大学戸塚キャンパス)の中で行われた、「しあわせ×あいだ×ローカル」と題するパネルディスカッションにパネリストとして参加していただいた。本章の二つの論考は、そこでのそれぞれのお話に、その後、加筆していただいたものだ。

参考のために、そのパネルディスカッションの趣旨を述べた文を掲げておく。

――「しあわせの経済」国際フォーラムの中で行われる特別企画。主宰は、「雑の研究」(高橋源一郎+辻信一、二〇一五—二〇一七)の延長上に生まれた「あいだの研究会」(二〇一八—二〇二〇)。ゲストに、田中優子と山崎亮を迎える。未だ支配的なグローバリズムも、それへの反発としてのナショナリズムも、「あいだ」を消し去る構造的な暴力だという点で共通している。人類の存続そのものを脅かす危機とは、言い換えれば、自然と人間との「あいだ」、人間とコミュニティの「あいだ」、人間同士の「あいだ」、身体と心の「あいだ」、過去と現在と未来の「あいだ」が見失われる危機なのではないか。とすれば、もう一度、つながりとしての「あいだ」をあちこちに見出さなければならない!

なお、両氏の話を受けての、著者二人のコメントは次章の冒頭に置くことにする。(辻 信一)

自分の中に「あいだ」をつくる

田中優子（法政大学名誉教授、江戸文化研究者）

「あいだ」ということでは、話したいことはいくつもあるのですが、江戸文化を研究しはじめた頃に「変だな」と気づいて、その後もずっと感じていることを中心にお話しします。

それは、「わたし」という問題です。個を意味する、個人のことです。

みなさんは、自分を、たった一人の自分だと思っていませんか？　私たちはそれをアイデンティティや自己同一性と言い、「個をしっかりさせましょう」とか、「自我を強くしましょう」と言われてきましたよね。でも、江戸時代の人は、まったくそういうことを考えていなかったんです。

江戸時代の人たちが、私たちがいうところの「自分」をもっていなかったのかというと、決してそうではないんです。でも、私が江戸文化に出会って最初にびっくりしたのは、一人の人間がいくつもの名前をもっているということでした。私たちの感覚だと、どれが本名だろう？と、つい考えてしまうんですけど、いわゆる本名というのは戸籍上の名前ですよね。近代なら戸籍が税金に結びついていますが、当時は、農民なら年貢、武家なら家柄などに紐付けられているものなんです。

次頁の江戸時代の狂歌集を見てください（図1）。狂歌は、和歌をパロディにして、お笑い文芸にしてしまいます。江戸文化は、だいたい何でもお笑いの方向に近づけていくんですね。

名前に注目してください。右の人は、元木網《もとのもくあみ》さんといいます。表では下から二番目にいますね（表1）。この人は渡辺喜三郎さんといって、大野屋喜三郎という銭湯の経営者でもあるんです。さらに、落栗庵《おちぐりあん》ともいう。その奥さんも狂歌をやっているのですが、智恵内子《ちえのないし》さんって名前です。

もう一人、絵の左側は尻焼猿人《しりやけのさるんど》さんという人です。表では上から三番目の人ですね。姫路藩主の弟で、酒井忠因《さかいただなお》という立派な武士であり、しかも酒井抱一《さかいほういつ》という大変高名な画家なんです。屠竜《とりゅう》さんとか、雨華庵《うおあん》さんとも呼ばれますが、普段は「ぼくは尻焼猿人です」って言っています。

よく江戸文化に出てくる蜀山人《しょくさんじん》という人がいますが、この人は大田直次郎《おおたなおじろう》さんで武士です（図2、63頁）。

「家の中の役割＝社会的地位」とありますが、江戸時代は身分制社会ですから、家が中心になって、その家の職業と身分とがくっついてしまっているんですね。たとえばこの大田直次郎さんは、大田家にいる限りはお給料、つまり「禄《ろく》」がもらえます。お給料は家に対して支払われるので、家から出ればもらえません。ですから、お父さんから受け継いで、また息子に受け継がないといけないわけで、「社会的地位」「家の中の役割」にがんじがらめにされています。そんななか、武士たちは文化の中でとても伸びやかに遊んでいるんで

図1　宿屋飯盛『古今狂歌袋』（国文学研究資料館蔵、日本古典籍データセット CC BY-SA）

複数のわたし

四方赤良《よものあから》

幕臣・大田直次郎、大田南畝、大田覃、七左衛門、蜀山人《しょくさんじん》、寝惚先生、巴人亭、杏花園、山手馬鹿人、風鈴山人

酒　上不埒《さけのうえのふらち》

駿河小島藩士・倉橋格、恋川春町、倉橋寿平、寿山人

尻焼猿人《しりやけのさるんど》

姫路藩主弟・酒井忠因《ただなお》、酒井抱一、屠竜、雨華庵

山東京伝《さんとうきょうでん》

岩瀬醒《さむる》、京屋伝蔵（煙草入れ屋の経営者）、北尾政演《まさのぶ》＝浮世絵師、山東庵、菊亭主人、醒斎、醒々老人、身軽折介、葎斎

元　木網《もとのもくあみ》

渡辺喜三郎、大野屋喜三郎（銭湯の経営者）、落栗庵。妻は智恵内子

花道つらね《はなみちのつらね》

五代目団十郎

表1　複数のわたし

す。どのようにしてかというと、自分の中でいくつもの自分をつくることによってなんです。才能ごとに名前をつけるんですね。大田南畝《なんぽ》と言ったり、蜀山人と名乗ったり、寝惚先生と書いたり。

私たちは、「家」対「個人」だと思いがちで、家に対立して個人が家を飛び出す、というふうに考えるけれど、これは近代の構図なんです。江戸時代はそうではありませんでした。家というものがあるのはしかたない、ないと生きていかれないから。だから家でないものを自分の中にもったんです。

私はそれを「別世《べつよ》」と、名付けてみました。わたしとわたしのあいだに「別世」をいくつもつくっていく。それを意識的にやっているんです。家は幕府だけでなく、藩も各大名家、武家、商家、農家、家元があり、庶民の世界にだって家があるわけですが、それに対して、連、社、会、組など、とてもたくさんの家ではない仕組みがあります。そこで、自分を分岐させながら、全体としての自分ももっているというわけです。

次頁の酒上不埒《さけのうえのふらち》さん（図3右）は、表1で見ると上から二番目の人ですね。駿河小島藩士倉橋格《かく》という立派な名前があるんですが、恋川春町《こいかわはるまち》という戯作者として教科書にも出てきます。倉橋寿平《じゅへい》さんとか、寿山人《じゅさんじん》さんとか、いろいろな名前をもっています。大人向けの漫画「黄表紙」（江戸時代の中期頃に現れる絵で構成された書籍）を始めた人なんですよ。実は現役の江戸づめの藩士で、けっこう偉い人なんです。この人は最終的に幕府批判にあたるような黄表紙を書きました。その後何があったかわかりませんが、亡くなります。自殺だったのではないかとも言われています。

しかし、大抵の場合は、幕府は別の自分でやっていることは見逃しています。いろんな顔で生きていいですよ、どうぞ適当におやりなさい、ということですね。しかし、武士階級に対しては厳しいです。自己規制

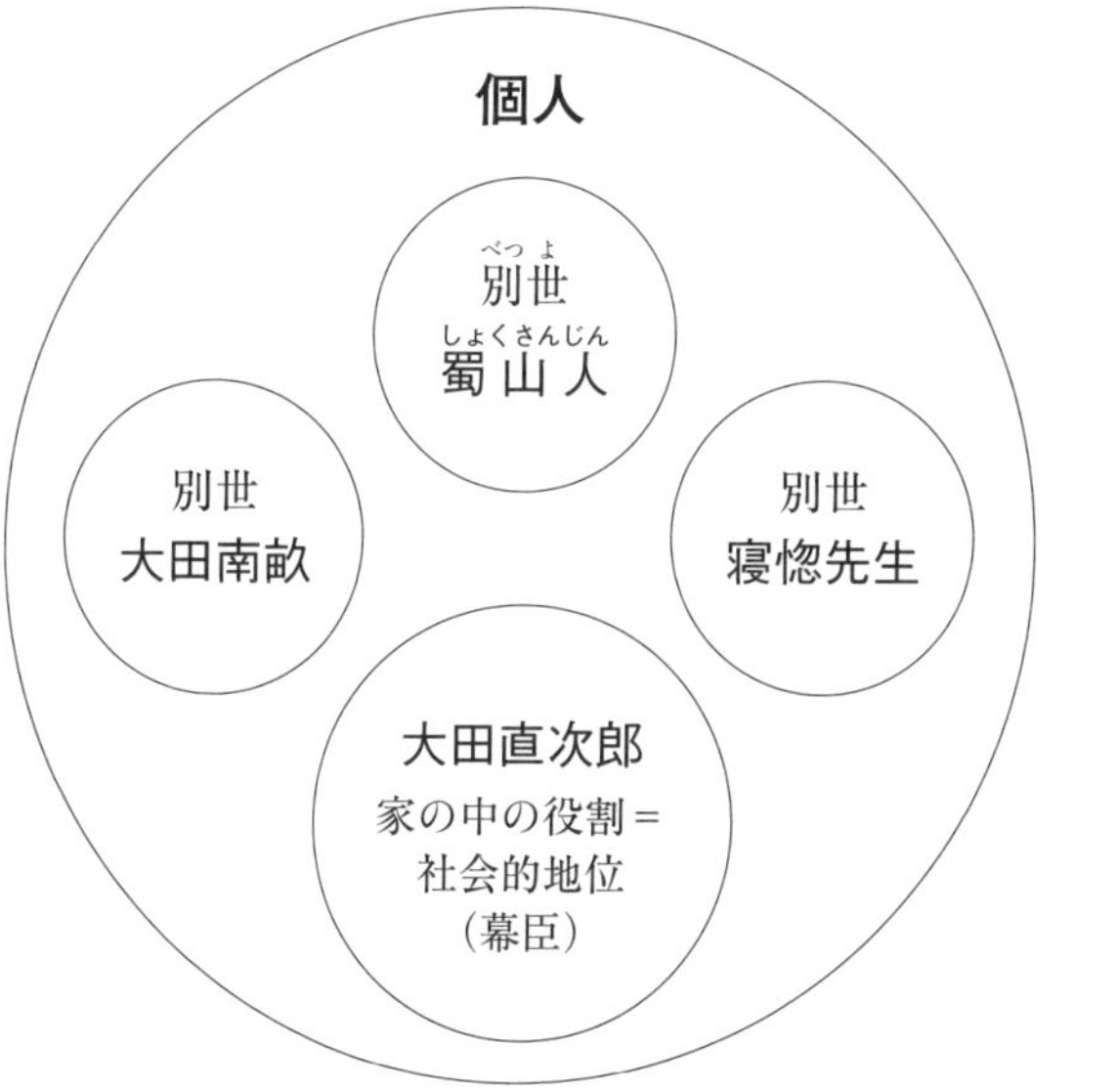

図２　個人の中の「別世」

図３　『吾妻曲狂歌文庫』（国文学研究資料館蔵、日本古典籍データセット CC BY-SA）

が効いています。

酒上不埒さんの隣に、門限面倒《もんげんのめんどう》さんという人がいます。江戸には参勤交代のためにたくさんの大名家があります。そこにいる下級武士は門限を守らないと大変なことになる。だからこんな名前になったんですね。とても窮屈な生活なのですが、もう一人の自分は、どこかでそれを笑いとばしているのかもしれません。

山東京伝《さんとうきょうでん》さんは煙草入れ屋を経営している商人です（図4）。こういう顔をしていたと覚えておいてください。この人は岩瀬醒《いわせさむる》という名前をもっていて、京屋伝蔵《きょうやのでんぞう》という名前で煙草入れ屋の主人をしています。社会的役割は商人なんだけれども、山東京伝という創作者の名前があって、北尾政演《まさのぶ》という名前の浮世絵師であり、身軽折介《みがるのおりすけ》という名前で狂歌も書いています。この人はたくさんの才能がある人で、作詞作曲もしますし、浮世絵師でもあり、作家としてもすばらしい。つまり何に名前をつけているかというと、才能につけているんですね。自分の中の複数の才能にそれぞれ名前をつける。そうすると、その才能ごとのネットワークができます。浮世絵師は浮世絵師のネットワーク、作家のネットワークでは別の版元と仕事をしたり、狂歌師たちのネットワークでは別の仲間と狂歌をつくっている。そうやって一人の人間がいくつものネットワークをもって、自分のアバターまでつくっちゃうんです。

山東京伝さんのアバターは、艶次郎《えんじろう》というキャラクターです（図5）。丸顔で、鼻が上を向いている滑稽なアバターをつくって活躍させています。アバターの自分を作品に登場させてしまうんです。

こうやって、才能があればあるほど、いくらでもいろんなところに自分を登場させて活躍できます。

図6は、朋誠堂喜三二《ほうせいどうきさんじ》さんといって、江戸御留守居役で秋田藩の藩士、江戸屋敷の中ではいちばん偉い人

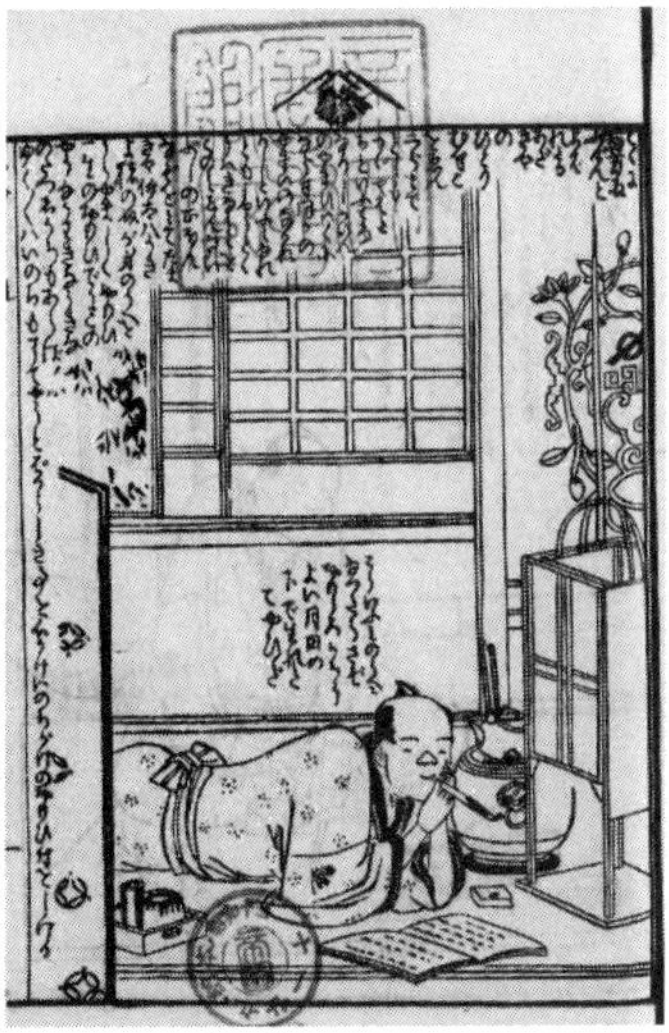

図5　北尾政演《まさのぶ》の描く艶次郎、山東京伝『江戸《えど》生《うまれ》艶気樺焼《うわきのかばやき》』（国立国会図書館デジタルコレクション）

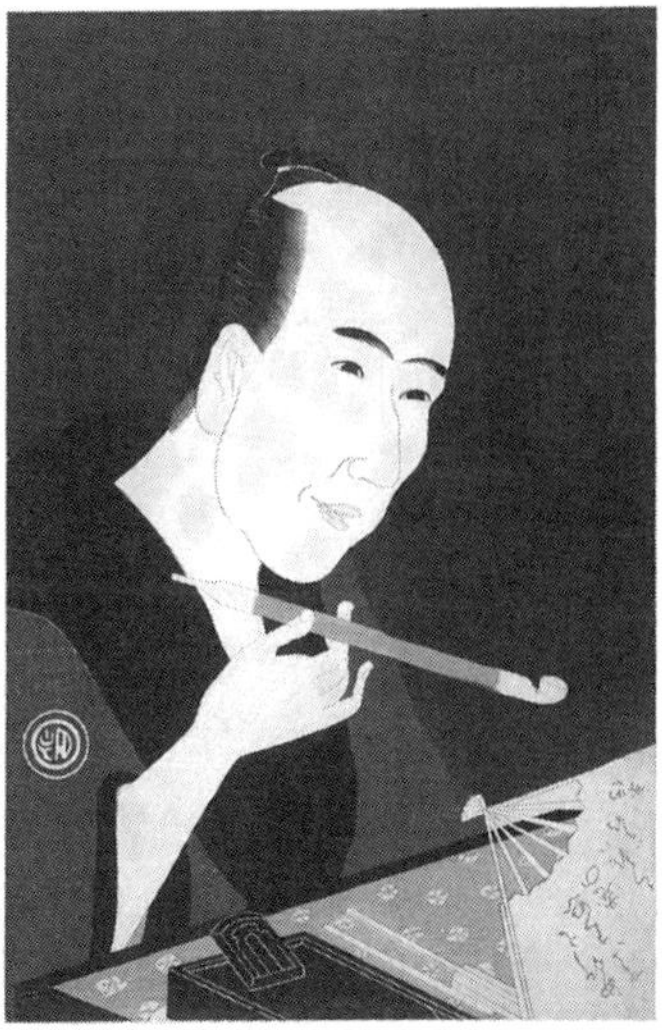

図4　『江戸花京橋名取　山東京伝像』（鳥橋斎栄里画）

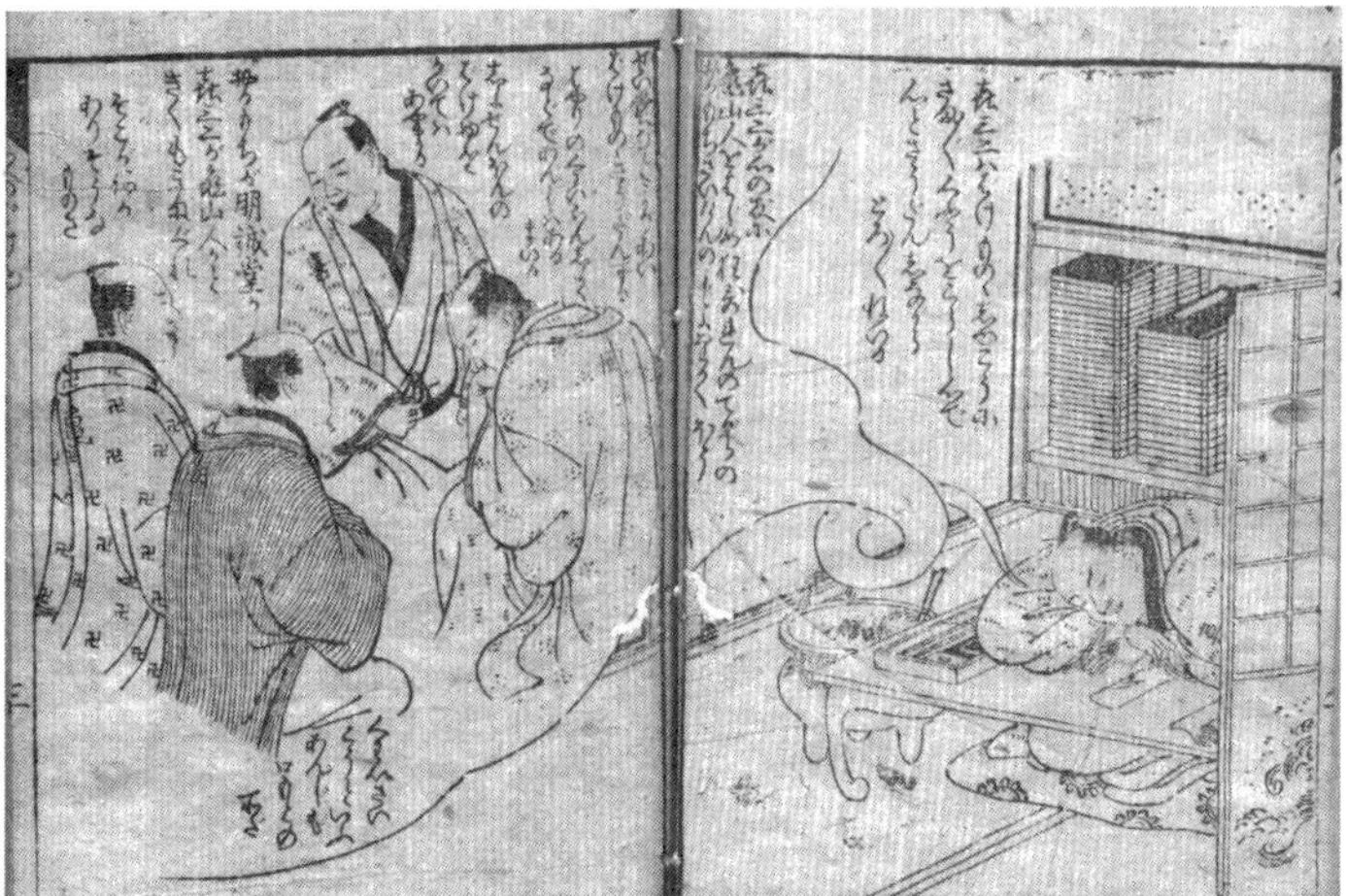

図6　朋誠堂喜三二《ほうせいどうきさんじ》『亀山人《きさんじん》家《いえの》妖《ばけもの》』（国立国会図書館デジタルコレクション）

が描いたものです。

江戸時代の戯作では、頭の後ろから吹き出しが出ているのは台詞じゃなくて夢なんです。何をやっているかというと、実はこれ全員自分で、一人が四人になって自分同士で話をしている。朋誠堂喜三二さんは、平沢常富《つねまさ》という名前があり、ほかにも雨後庵月成《うごあんつきなり》とか、浅黄裏成《あさぎのうらなり》とか、手柄岡持《てがらのおかもち》とか、物からの不あんど、道《どう》陀楼麻阿《だろうまあ》なんてのもありますね（笑）。

　こんなふうにいくつもの名前をもって、自分の才能をいろいろに分けてネットワークをつくっていき、たくさんの連《れん》でできたネットワークから、出版界や、文学とかファッション界が形成されていきます。浮世絵も狂歌も、漢詩も生まれ、そして江戸文化全体が生まれてくるんです。ですから江戸文化というのは、一人の人間が才能を分岐させてネットワークを広げていく中で成立したと言えます（**図7**）。

　ネットワークも「あいだ」の話にはなりますが、私は自分の中の、違う自分と違う自分の「あいだ」というものを、彼らがどんなふうにとらえていたんだろうと、日々想像しながら研究しているんですね。今だと、違うことをやっていると「分裂」と言われるかもしれませんが、ＩＴ業界などでは「ニューロダイバーシティ」といって、たとえば発達障害と認識される人たちを一つの才能だと考えて、いろんな才能と組み合わせることによって新しい発明が出てきたりしています。自分のもっている才能は、社会では病気だと認識されてきたけれど、別のところでネットワークさせると可能性が広がる。そんなふうに一人ひとりの人間が考えたほうがいいし、自分をどう扱うかということもいろいろ考えられるんです。「自分と自分のあいだ」には、すきまとしての「遊び」があり、そこを使って自分をいろいろに方向づけているのです。

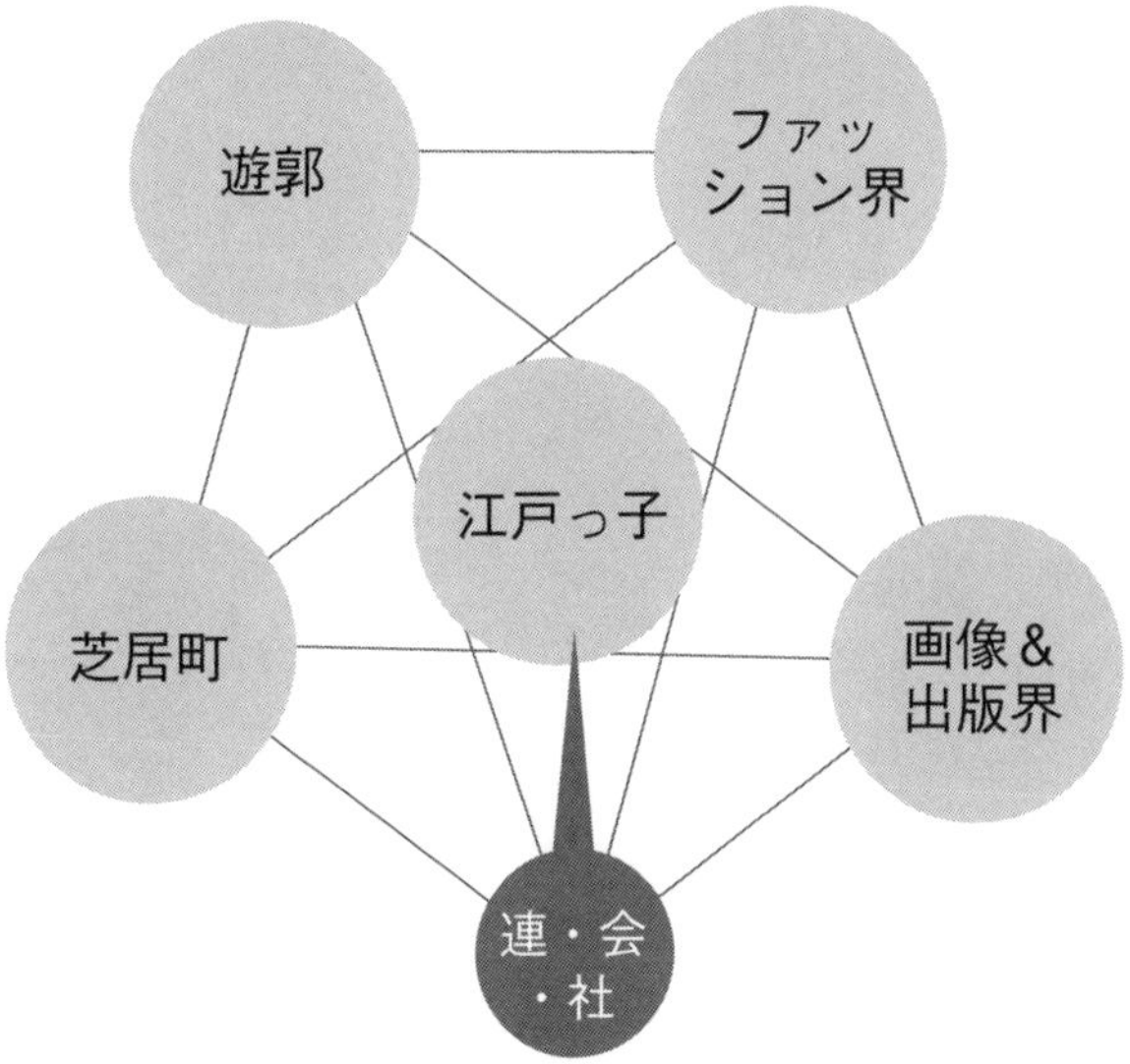

図7　江戸文化のネットワーク

もうひとつ気になっているのは、辻さんも一章で縁側についてお話しされましたが、ちょっと前までの日本の家屋で、自分の記憶としても非常に強くもっているのが玄関なんですよ。玄関も縁側と同じように、高さが椅子と同じぐらいありました。入ってきた人たちはそこに座ります。玄関で人間関係が展開するんですね。町中だと縁側がない家もありますから、玄関が人間関係のあいだを縮めたり、開けたり、調節する場所になっていたんです。

江戸時代には役人がいますが、武士たちではなくて町役人の役割をしていたのが、町名主とか、町年寄でした。町年寄の下に町名主がたくさんいて、この人たちの家の玄関で「げんか裁き」というのをやるんです。トラブルが起こると、その家の玄関に行って、民事裁判を開いて、判決というか、判断をしてもらってそこで終わる。玄関における仲裁機能で、重大犯罪でなければ、ほとんどのことは解決してしまう。
だから玄関はもともとおもしろい空間だったのに、今の玄関って、ただ入るか出るかみたいでつまらないですね。昔は玄関が頑丈なドアではなくて、引き戸だから中途半端に開いていることがあるわけです。適当に人が出入りできる。そういう人間関係の中の適当さって大事ですよね。それが現代では空間的にも消えているのが、とても気になります。寺子屋と違って、今の教室はだいたい椅子と机が固定されていて、みんな同じ方向を向くようになっている。これもすごく気になります。話す側と聴く側のあいだが一方向ずつしかないようなことが、今の社会をつくっているのだとも思います。

最後にもう一つ「あいだ」の話をします。ある本が、「パーソナリティ」ということばの特別な使い方をしました。パーソナリティとは一人の人のことじゃなくて、「あいだ」に成立するものだとしたんです。関わりと関わりの「あいだ」に出現するのがパーソナリティで、関係性がなければパーソナリティは存在しない、と発見した人がいるんです。その本は濱野ちひろ『聖なるズー』(集英社、二〇一九年)で、著者は家庭内暴力を一〇年くらい受け、後に文化人類学者になるんです。ノンフィクションです。そして、動物と結婚する人たちと出会い、ドイツに行って調査をするのですが、はじめに何をしたかというと、その人たちを理解するために、パーソナリティという関係をつくりあげることでした。そのためにいちばん大事なのが、雑談をすること。研究対象として、「どうしてそうなったんですか」などとヒアリングはしません。いっしょにご飯を食べて、雑談をして、ときどきその家に泊まる。そうすると、だんだんその部屋の雰囲気が違って見えてきて、ここでは犬のほうが存在感が大きいということがわかってくる。そこでは犬が奥さんだからです。

そうやって動物と結婚する人たちのことがわかってくるんです。私は、最初はなんていやなテーマだと思っていたんですが、読みすすめるうちにとても大事なことに気が付きました。「動物と人間はかつては対等だった、単にそれを忘れていただけ」ということです。人間と人間との「あいだ」にパーソナリティという関係が成り立つのと同じように、動物との「あいだ」にもほんとうは成り立つんだということを発見して、彼女は自分の生き方を変えることができ、初めて自分が受けてきた暴力を乗り越えていくんです。

空間の「あいだ」、人々の「あいだ」

山崎　亮（株式会社 studio-L 代表、関西学院大学教授）

小学校時代の親友の家には縁側がありました。ぼくはそこで親友と遊ぶのが大好きでした。親友の家の中に入ってしまうと、そこは彼の親が支配する空間。礼儀正しくしなければなりません。でも、縁側だと支配の領域から外れているので自由にふるまうことができます。ずっとゲームしていても、駄菓子を食べ続けていても、注意されることがない。極めて居心地が良いのです。

家の外で遊ぶという選択肢もありました。でも、外に出ていくと偉そうな大人とか怖い先輩とかに出会う危険性が高い。それはややこしい。縁側なら、そういう人たちも入ってきません。だから快適だったのです。

行為と行為の「あいだ」

建築学的には、家の中を「うち」と呼びます。「うち」と「そと」のあいだになっているところを中（なか）と言います。中土間（なかどま）とか中間（なかま）などと呼ばれますが、縁側もこの種の「あいだ」の空間だといえます。

一方、「うち」の空間にも「あいだ」が大切になりつつあります。欧米の住宅様式が輸入されて、それが日本で独特な発展を遂げた結果、nLDKと表記される平面計画が一般的になりました。2LDKとか3LDKとかいう考え方ですね。最初の数字が個室の数で、その後に続くアルファベットがリビング、ダイニング、キッチンというわけです。つまり、「ここは寝る部屋」「ここはテレビを観る部屋」「ここは食べる部屋」と役割が決められているんですね。じゃ、映画を観ながら徐々に眠りたい場合はどの部屋を使えばいいのか。食事を楽しんだ後、お茶を飲みながらおしゃべりを楽しみたい場合はどの部屋を使うべきなのか。

緩やかに行為が連なっているというのは「だらしない」ということになり、行為ごとに決められた部屋を使うのが立派な行動だということになるけれど、ぼくたちは「うち」でも立派にふるまいたいのでしょうか。部屋を移動すると、行為が「あいだ」なくきっぱりと切り替わる。そういう住宅って、なんだか疲れるような気がします。昔は良かったとはいいませんが、映画を観ていたら眠くなってきて、リビングに布団を敷いてベッドルーム化し、そのうち「寝落ち」する気持ちよさを否定したくない。つまり、行為と行為の「あいだ」にある行為を認めるような住宅計画というのが、今のところ見当たらないのです。

内部と外部の「あいだ」

その意味で、縁側というのは「うち」と「そと」の行為の「あいだ」にある行為を認める空間でもある。「あいだ」の行為を認める空間だからこそ、「うち」からも「そと」からも干渉されない。ぼくはそんな縁側が好きだったのです。そこで、縁側を設計できる人になりたいと思いました。大学時代はランドスケープデザインを学んでいましたので、屋外空間のデザインを専門としていました。ところが縁側は建築側が設計することになっている。それなのに、最近の建築は縁側や庇《ひさし》を付けたがらない。建築物を抽象的な彫刻作品に見立て、独立した作品のような美しい造形としてまとめたがるのです。

建築家は縁側をつくりたがらない。ランドスケープデザイナーは縁側を設計する役割を与えられていない。このままでは、ぼくが好きな縁側が世の中から消えてしまう。そんな危機感もあって、ぼくは建築設計事務所でランドスケープデザインにも携わっている事務所に就職しました。これで好きなだけ縁側を設計できるぞ、と思ったのです。

仕事をしながら気づいたことがあります。どうやらぼくは縁側をつくるのが好きなのではなく、縁側を使うのが好きだったのです（笑）。当初は「住宅の縁側をつくるぞ」と思っていたし、公共空間にも縁側的な空間が必要だと思って「まちの縁側もつくるぞ」などと息巻いていたのですが、実際には住宅の縁側やまちの縁側で生まれる行動や人間関係のほうに興味があったのです。

用途と用途の「あいだ」

そこで、公共空間の設計を依頼されると必ず市民参加型のワークショップを開催し、将来的に利用者となる人たちとともに空間の使いこなし方を検討し、それを図面に反映させていくという仕事をするようになってきました。コミュニティの方々とともにデザインを検討したのです。こうした仕事のことを「コミュニティデザイン」といいます。

コミュニティデザインの現場では、さまざまな種類の「あいだ」を検討しているような気がします。一つは、建築の用途と用途の「あいだ」を考えることを意識しています。たとえば図書館を設計するとします。ぼくが「こんな図書館をつくりましょう」と一方的に提案するわけではありません。会場に集まってくれた一〇〇人くらいの参加者たちが六人ずつのテーブルに分かれて「どんな図書館だったら使いたくなるかな」などと話し合います。そんなとき、ぼくが出すテーマは、「図書館のようだけど映画館のようでもある場所を考えてみませんか?」「さらに博物館でもあり美術館でもあるような空間はどうですか?」「その場所にプールは必要ないですか?」などと、図書館のイメージをずらしていくような質問ばかり用意します。「新しい図書館を設計しよう」と考えるとき、その形態を奇抜にしただけでは本質的な新しさは生まれません。変わった形をした図書館が誕生するだけですね。そこで生まれる行為も図書館のそれでしょう。これだと、図書館を利用しない人は相変わらず利用しないままです。新たな発想や行動も生まれにくい。だから、ワークショップでは、参加者に「図書館とその他の用途のあいだ」を何度も検討してもらいます。そこから、新しい図書館のヒントを見つけ出そうとしているのです。それが見つかれば、建築の形態は自ずと新しいものになるはずなので、奇をてらった設計にする必要はないのです。

意見と意見の「あいだ」

そんな話し合いをする場合、参加者同士の関係性が重要になります。自分の発言を誰にも否定されないという安心感がないと、これまでにない図書館のあり方を提案するのがはばかられる。だからワークショップでは、人の意見を否定せずに聴くということをルールにします。さらには、突拍子もないことを言う人を褒めることや、そんな意見に悪乗りすることも推奨されます。「Yes, and」と呼ばれる方法で、相手の発言に対して「いいですねぇ、さらにこうしてみましょう」と言いながら自分の意見を加えていく。これも人と人の「あいだ」にアイデアが生まれやすくする方法の一つです。「それはおもしろい」「あなたとこういうことがしてみたい」など、対話が楽しい方向に展開していくのが特徴的です。

これを繰り返すと、ワークショップを繰り返すごとに参加者間の信頼関係が増していきます。その結果、いっしょにプロジェクトを生み出したり、会社を興したり、結婚したりと、いろいろなことが生まれます。公共空間が魅力的なデザインになるということも大切ですが、その検討過程でさまざまな行動が生まれたり

写真１　沖縄県名護市の総合計画を策定するためのワークショップ。各地区から集まった住民とともに10年後の名護市について話し合った

写真２　北海道沼田町の中学校跡地に医療福祉施設を設計するための現地調査。町民とともに現地を歩いて現状を共有した

人生が好転したりすることも重要だと思います。

プログラムとプログラムの「あいだ」

ワークショップのプログラムを考えるとき、その日のテーマに関係する話し合いの時間ばかりを並べてしまうと逆にうまく進まない場合が多いのも特徴的だと思います。いわゆる「詰め込みすぎ」なプログラムですね。まずこれについて話し合い、次にあれについて話し合う。そして話し合った結果を発表してもらい、最後に感想を全体で共有する。そんな目まぐるしいワークショップをやると、話し合うべきことは話し合えたはずなのに、参加者の満足度は高まらない。次回以降の参加者数が減ってしまうこともあります。

だから、ワークショップのプログラムを考えるときは、意識して「あいだ」の時間を設けます。グループごとに話し合う時間を設けたら、その後は休憩を兼ねた雑談時間とする。そうすると、話が盛り上がっているグループはそのまま続けますし、トイレに行きたい人は席を離れることができる。それ以外の人たちは雑談することもできる。でも、そんな時間に「そういえば」とアイデアが生まれる場合もある。やりたいことが思い浮かぶこともある。こういう時間を三〇分くらい用意したりします。最初の三〇分間は「話し合い」の時間で、次の三〇分間は名前のない時間。それを繰り返すと、雑談から思わぬアイデアが出てきたり、「あいだ」の時間に人間関係が調整されたりします。

ところが、これを依頼者である行政関係者に説明するのが難しい。役所側は、図書館建設のための話し合いなんだから、図書館についての話を続けてほしいわけです。こちらが「自己紹介に二時間使いたい」なんて言うと、「とんでもない」と言われます。「上司に説明できない」と指摘されます。「なぜ二時間も自己紹介の時間が必要なのですか?」と言われるので、「そのほうが深く相手を知ることができるし、本人も意図しない話が出てくる可能性もあるし」などと、もっともらしく説明するのですが、すればするほどワークショップの現場で感じている「あいだ」の時間の重要性から遠くなっている気もしています。で、最後には「とにかく必要なんです」などと言ってしまうものだから、役所の担当者も困ってしまう(笑)。

行政と住民の「あいだ」

なぜワークショップが必要なのか、と問われることがあります。理由はいくつかあるのですが、そのうちの一つは行政と住民の「あいだ」に関係性を構築するというものでしょうね。たとえば、妻が知らないうちに夫が勝手に何か買ってきたら、「なんで勝手に買ってきたのよ」という気持ちになりますね。しかも、妻が稼いだお金を使って、夫が勝手に何かを買ってきたのであればなおさらです。事前に「これを買おうと思っているんだ」「いいわね」と了解があれば問題ない。でも、いきなり買ってくるから「ちょっと相談してよ」となるわけです。

これまで行政がやってきたことも、この夫の行為に近いような気がします。住民が納めた税金を使って図書館を建てる。良かれと思って建てるわけです。役所としては、住民が選挙で選んだ議員たちに相談して図書館建設に賛同してもらったんだから、直接住民の話を聞かなくてもいいだろうと思っている。あとは建築家と役所の担当者との「あいだ」で話し合いを繰り返し、敷地周辺に仮囲いをして、工事現場が見えないようにしたまま図書館を建てていく。完成したら仮囲いを外して「どうですか！　すばらしい図書館が完成しましたよ！」と、住民にお披露目するわけですが、住民からすれば「ちょっと相談してよ」という気持ちになるわけです。建築家と行政との「あいだ」だけでなく、住民と行政との「あいだ」も丁寧に構築していく必要があるだろうな、と思っています。だからこそ、行政が何か事業を推進しようと思うのなら、できるだけワークショップを開催し、その事業に興味をもっている住民が推進の過程に参加できるような場を用意したいと思っています。

「あいだ」をつなぐもの

ワークショップに多様な考え方の人が集まると、意見を集約するのが難しいのでは？　と問われることがあります。たしかに、すべての意見を一つにまとめようと思うと難しくなるでしょう。だから、ぼくがワークショップをやるときは、数人ずつのチームごとに意見を集約することにしています。それぞれのチームは違う意見をもっていてもいいし、違う活動を展開することになってもいい。それぞれの意見や活動を受け止める公共建築を設計したり、総合計画を立案したりすることを心がけています。

その根底には、「このまちを良くしたい」という気持ちが全員共通しているだろうという信念があります。

写真3　コープこうべの職員と地域住民がまちなかで活動する「こえるプロジェクト」。一つのチームはバケツで足湯をしながら講師の話を聴く会を主催した

「このまちを悪くしたい」と思ってワークショップに参加している人はいないはずだ、ということですね。

この感覚は、一九世紀のアメリカで超越主義者と呼ばれたエマソンやソローたちの考え方に近いと思っています。エマソンは『自己信頼』（ラルフ・ウォルドー・エマソン　PHP研究所）という著作のなかで、自分自身を深く信頼することの意味を説いています。深く深く掘り下げていくと、基本的な行動原理は他人と共通しているはずだ、という考え方です。ぼくたちは同じ構成元素からできているんだから、その元素の集合体としての我々が心の底で考えていることに大きな違いはないはずだ、というのです。ところが「こうしたほうが得だ」「このほうが儲かる」などと、後天的に得た情報などで行動に違いが出てしまっているんだ、というのがエマソンの主張です。

その後輩のソローは、エマソンの考え方に基づいて生活し、その内容を『森の生活』（ヘンリー・デヴィッド・ソロー　小学館）という本にまとめました。人間だけでなく自然も宇宙も同じ構成元素からできているのだから、後天的に得た情報を省いてシンプルな生活を心がければ、自分と他者、自分と自然、自分と宇宙の「あいだ」に大きな違いはないはずだ、という考え方に基づいた生活の実践です。

そんな考え方が、ぼくの考えるコミュニティデザインの根底にもあります。だから、ワークショップで話し合っているとき、表面上は対立する意見のように見えても、きっと深い部分では共通しているはずだ、という「あいだ」に対する信頼感のようなものがあります。それをどう探り当てるのか。そのために、ワークショップのプログラムをデザインし続けているんだと思います。

第3章　「あいだ」は愛だ

橋本治
瀬戸内寂聴
田村俊子
伊藤野枝
岡本かの子
管野須賀子
樋口一葉
武田泰淳
武田百合子
ドストエフスキー
柳田國男
えらいてんちょう
緒方正人
石牟礼道子
森崎和江
朴 裕河（パク・ユハ）
茨木のり子
田中英光
金時鐘（キム・シジョン）
梁石日（ヤン・ソギル）
金石範（キム・ソクポム）

二人の提起を受けて

辻：田中優子さんと山崎亮さんの興味深いお話（第2章）を受けて、少し考えてみたいと思います。近年は、多くの論者が「私」と「あなた」の「あいだ」や、自他の「あいだ」に注目し、「間主体性」や「自他の未分性」について議論してきたわけですが、田中さんは、自分の中にいくつもの違う自分をつくっていく江戸時代の人々の話を通して、自分の内なる「あいだ」に注目している。これは近代的な「主体」や「自己」や「個人」という概念を超えるための、自他の「あいだ」とは別の、もう一つのとても重要な視点だなと思うんです。自分ということばがそもそも「分」をもっているわけですが、これは、他者との「あいだ」を表す「分」であると同時に、自分の内側を分割していくという「分」をも意味しているのかもしれない。近代的な考えでは、「分」は分裂の分、確固としたアイデンティティを揺るがす非常にネガティブなことばですからね。

ただ、そこで大事なのは、この内なる多様性というのは、単に個々の人の内側を豊かにするだけではなくて、分けられた自分が、それぞれ外とつながり、「連」などのネットワークを形成する。そういうネットワークがどんどん増えていって、いろんな小世間をつくっていく。アートも文芸もファッションもそうやって生まれ、だから、「江戸文化というのは、一人の人間が才能を分離させてネットワークを広げていく中で成立した」んだというわけです。つまり、自分を分けることが、まるで自分の才能を他者と分有するようにして、周囲を豊かにし、それが社会全体を豊かにしていくのですね。
逆に言えば、ネットワーク的なつながりを生まない自己のうちの複数性は、矛盾とか、葛藤、分裂として感じられるようになっていくのかもしれない。このネットワーク的なつながりというのは、トクヴィルが『アメリカのデモクラシー』で注目した「中間団体」や、ハンナ・アレントがいう「公的領域」や「共通世界」を思い出させます。こういう中間団体やネットワークという「あいだ」がなくなって、支配権力というてっぺんと庶民がべったりくっつくという状態が危険だと、トクヴィルもアレントも言っていたわけですよね（第5章参照）。それが専制や全体主義の勃興にもつながる、と。その後、出版された『江戸とアバター　私たちの内なるダイバーシティ』（池上英子・田中優子著 朝日新書、二〇二〇年）で、田中さんはさらにこのテーマを深めています。

高橋：個人がいくつもの顔をもっているという話は、ぼくはすごく可能性があることだと前から思っているんです。すぐれた作家はそういう部分を皆もっています。たとえば太宰治は、女性の口調を真似て小説を書くのがうまかった。橋本治さん（作家・評論家・随筆家 一九四八―二〇一九）もそうでしたね。一度、橋本さんに、なんで未婚で過ごしたおばあさんになって書けるの？　と聞いたことがあるんですが、逆に、「なんでなれないの？」って（笑）。
もちろん知識も根底にはあるでしょうが、それはきっと共感する力なんでしょうね。他者を恐がらず、全身全霊で他者になってみる。その瞬間、他者を生きる。これはとても大事なことだと思うんです。あるときは女であり、あるときは老人、あるときは子ども。その「あいだ」、中心に当人がいるけど、「わたし」という意識があまりない。その結果出てくるのは誰よりも光り輝く「わたし」なんです。

ぼくは、人と人の「あいだ」に何かがあるんじゃなくて、「あいだ」そのものがその人、その女であったり老人であったりするという一つのアバターというか、投影の一部であることが可能だということが、一つ希望じゃないかなって思います。「あいだの希望」、です。

辻：「あいだの希望」ですか！　自己とは実体ではなくて、「あいだ」そのものであるというのを聞いて、木村敏さん（精神科医　一九三一〜）の『あいだ』（筑摩書房、二〇〇五年）という名著を思い出しますね。生命とは何かというのは科学によって明らかにはできない。対象化することもできない。生命は、ぼくら一人ひとりであるけれど、ぼくが死んでいなくなっても、生命は死なない。だからぼくは生命そのものではない。しかし、ぼくらそれぞれが生命を体現していることもたしかである。そんなところにもつながっていく話ですよね。

高橋：田中さんのお話のように、江戸時代は多様性が生きていて、文化が発達していた。文人たちのキャラクターもそうだし、寺子屋の話（『「雑」の思想』に所収）にも感動しました。机の方向がばらばらでそれぞれ学ぶという、最先端の授業を江戸時代にとっくにやっていたんです。なのにぼくたちは忘れている。もしかして切り捨てたのかもしれない。それとも記憶喪失になったのか？　なんでこれを忘れちゃったんだろうっていうことが、歴史の中にはたくさんありますよね。

辻：何かと何かの「あいだ」が壊されて、つながっていないいってことじゃないかな。寺子屋では、ある意味、個人主義的に、ばらばらの方向を見て自分のペースで勉強する。それなのに分離されていなかった。ところが、山崎さんの話にあったように、現代ではコミュニティの中も分離されてしまっている。江戸時代にあったものが現代社会では大きく失われているということですよね。そこで山崎さんは、人と人の「あいだ」をあらためてつなぎ、コミュニティがまた分離から回復できるように手助けしていく。それが山崎さんのいうコミュニティデザインですね。そうしないと人々が分離したままになってしまう。だからって、集団主義みたいに、べったりくっつくのではない。この現代世界が抱えている根本的な問題は、ひとことで言えば分離だと思うんだけど、もっと言えば、分離や孤立は集団主義や全体主義的な癒着へと反転しやすい。この分離と癒着という両極は、「あいだ」が断ち切られ、壊れ、失われているということでは共通しているわけで、本質的には同じことの二つの現れだと言えるんじゃないでしょうか。

山崎さんの話を聞いて思い出したのは、アレントの『人間の条件』に出てくる奇術のたとえ話です。テーブルの周りに集まった人々の目の前で、突然テーブルが真ん中から消える。すると、互いに向き合って座っている二人の人は、とても気まずい格好で向き合うことになるというんです。もう分離されていないのと同時に、今まではテーブルによって成立していた関係が崩れて、互いに無関係になってしまう、と。これについてアレントは、テーブルが真ん中にあるということの重要さを言うんです。テーブルが、介在者《イン・ビトウィーン》として「人々を結びつけると同時に人々を分離させている」と（『人間の条件』ちくま学芸文庫、79頁）。

ちなみにこの「介在者」ということばは「イン・ビトウィーン」の訳語なんだけど、これはアレントが勝手につくった名詞なんでしょうね。日本語には幸い「あいだ」ということばがあるから、それを使えば、「あいだ」は「人々を結びつけると同時に人々を分離させている」と言い換えることができる。

そう考えると、山崎さんのコミュニティデザインというのは、ばらばらに散らばっている人をテーブルの周りに集めるようなことなんじゃないか。テーブル自体のデザインも大事だろうけど、そのテーブルをどこにどう置いて、人々にどう座ってもらうか、が大事なんだと思う。どのくらいの距離をとって、どういう位置関係にすると、話が弾んだり、いい関係性ができたりするか。テーブルで言えるのと同じことが、公共の施設のような大きなプロジェクトでも言えるわけです。その意味で、コミュニティデザインは「イン・ビトウィーン」、つまり、「あいだ」をプロデュースする仕事だと思う。山崎さんのコミュニティデザインの話も、田中さんの江戸時代の話も、民主主義について考える上で示唆に富んでいると思います。両方とも、アレントの言う、「集まると同時に分かれ、つながると同時に離れている」というあの民主主義のイメージと重なります。

お二人とも「雑談」の重要さを指摘していたのもおもしろいですね。さすが、「雑の研究」の時にもディスカッションに参加していただいたお二人です。山崎さんによると、役所の人たちはワークショップでの雑談の重要性がなかなか理解できずに、時間の無駄だと考えてしまう。そういう時間をちゃんとつくらないと、人と人の「あいだ」にいい価値が生まれてこない、と。田中さんが紹介してくれた『聖なるズー』の話でも、文化人類学者である作者にとって、研究対象でもある相手との雑談がフィールドワークの鍵となって、徐々に、研究する者とされる者の壁が溶け落ちて、「あいだ」ができていくようでしたね。

「あいだ」は愛だ、と言えるか？

辻　：今日はバレンタインデーの夜（対談が行われたのは二〇一九年二月一四日）だということで、「愛」をテーマに話をしたいと思います。名づけて「あいだは愛だ！」。

高橋：ぴったりのタイトルですね（笑）。最近書いたことを紹介したいと思います。ある作家についての研究なんですが、「あいだは愛だ」の視点から見ると、こんなことが見えてきました。

作家は瀬戸内寂聴さん（小説家・尼僧一九二二〜）。先日、「寂聴サミット」というイベントが開かれました。ぼくと詩人の伊藤比呂美さんと作家の平野啓一郎さんの三人がメインのスピーカーで、寂聴さんもお呼びする予定だったんですけど、足が痛くて来られなくて映像メッセージをいただきました。その際に彼女の作品を読み返したんですが、寂聴さんは四〇〇冊以上書いているので、その中から特に女性を主人公にした伝記を選びました。作家・田村俊子の伝記『田村俊子』、岡本かの子をモデルにした『かの子繚乱』、伊藤野枝を主人公にした『美は乱調にあり』、金子文子が主人公の『余白の春』、それから大逆事件で捕まった管野須賀子を主人公にした『遠い声』。その五作と、もう一作、『女徳』という、京都の舞妓さんで、愛のために小指を切った人を描いた作品も大好きです。

読み返してみたら発見がありました。これら六作はすべて同じ構成になったのです。全部実在の人物ですから、瀬戸内さんのフィクションじゃないんですが、岡本かの子（小説家・歌人。岡本太郎の母　一八八九—一九三九）、伊藤野枝（作家・翻訳家・編集者・婦人解放運動家。関東大震災の折、大杉栄と共に憲兵に虐殺される　一八九五—一九二三）、金子文子、管野須賀子（著作家・婦人運動家。大逆事件で処刑される　一八八一—一九一一）は、革命家であったり、優れた作家であったり、ある意味世界を変えるような変革者ですが、彼女たちは皆、単独で行動した人じゃないんです。まず、ペアとなるパートナーがいて、さらにもう一人、愛人の男がいる。年上の知識人と、主人公の女性、それから女性より若い男の三角関係、それが基本的な形になっています。

一般的には愛情って一対一でしょう。ところがこの女性たちは一対二で、真ん中にいるんです。実は瀬戸内さんも小田仁二郎という作家と不倫をしていて、もう一人「涼太」という若い学生がいたので、書いているご本人も、書く対象の女性たちと同じような状況だったんですね。

これにはいろいろ考えさせられました。まず一つは、金子文子、管野須賀子は貧しくて学校にも行けなくて、なかなか知識も得られなかった。そういう人たちが作家になってことばをもつためには、メンター、教師となるべき男性が必要だった。瀬戸内寂聴にとっては小田仁二郎、伊藤野枝の場合は大杉栄、岡本かの子は岡本一平、管野須賀子は幸徳秋水、そういった人たちが彼女らのメンターになった。彼女たちは、社会主義者だったり、アナキストだったり、その道の最高権威のような人たちのガールフレンドになる。でもそれでは終わらない。それはある意味、教師と生徒の関係なので、もう一人、自分の愛情を託すべき若い男を導入する。で、結局どうなるかって言うと、男は二人とも捨てられちゃう。最高ですよね（笑）。

でも、この女性たちはメンターと若い男という二人の男性の「あいだ」にいるから、社会からは糾弾されるわけです。今でさえ不倫は叩かれるのに戦前ですよ。この人たちのほうが遥かに自由でしょう。愛から自由なんですね。それは「あいだ」にいるから。

辻：なるほど。「あいだ」にいるから、世間で言う「愛」から自由で、束縛や独占からも遠い。

高橋：一対一だと、最終的には家庭になりますからね。そこに収まって不自由にならないように、無意識のうちに第三者を導入して、「あいだ」にいたんじゃないかと思うんです。驚くべき立ち位置ですよね。

そこでぼくの仮説です。日本の近代文学は二葉亭四迷が散文を導入した明治二〇年代に始まったんですが、この散文は男性のことばなんですね。江戸下町のことばをベースに二葉亭四迷がつくったことばで、男性の正統的なことばだったんです。この散文ができたときに反対した女性作家が樋口一葉です。一葉は作品を古文で書いています。一葉も非常に貧しくて、虐げられていた女性です。彼女には男たちがつくったことばに対する不信感がありました。

『日本文学盛衰史』（講談社、二〇〇一年）に書いたのですが、この男の文学への反動が時々出てくる。それが岡本かの子であり、田村俊子、伊藤野枝なんです。この三人は、平塚らいてうのつくった日本で最初のフェミニズム雑誌『青踏』のメンバーですね。男のことばへの不信感を言語化することができたこの人たちは、三人とも男の「あいだ」にいる。「あいだは愛だ」、を実践している（笑）。これには大きな意味があるんじゃないかと、ぼくは思っているんです。

もう一つ、瀬戸内作品は現代文学の中では評価されず、エンターテインメントとか、メロドラマだとされているんです。でも、瀬戸内さんがやっているのはある意味もっと複雑なことなんですよ。『場所』（新潮社、二〇〇一年）という小説は、ぼくが瀬戸内さんの最高傑作だと思っているんですが、本人が、過去に住んでいた思い出の場所を一軒一軒訪ねていく描写で進みます。最初に結婚した男と住んだ場所とか、愛人と住んだ場所とか。場所は現実の場所であると同時に、以前、瀬戸内さんが作品に書いた場所でもあり、その時のことばを引用しながら、過去五〇年をさかのぼります。

タイトルは『場所』でなくて『時間』でもいいのかなと思いました。時間は想像だけでさかのぼってもよくわからないけれど、実際の場所に行って振り返ると見えてくる。たとえば今は孫が住んでいて、当時の家はなくなった場所でも、時間はいわば空間に宿っている。実は、空間がなければ時間も見えない。瀬戸内さんが過去に描いた場所は目の前にあって、同じところもあるけれど、家そのものがなくなっているところもある。そして、自分が書いた過去を現実にもっていくと、現実の世界が最終的には瀬戸内さんの書いたもので埋め尽くされているんです。そして瀬戸内晴美という作家は、現実のどこにいるんだかわからなくなってくる。場所と時間が入り混じってしまうんです。

こんな小説は、強い自我をもっている人間の悩みや苦悩を描く近代小説から見れば、なんだろうってなるでしょう。なぜなら、瀬戸内さんは自我を描くことを目標としていないんですから。書いたのは場所と時間で、自分はどこにいるかわからなくなってしまう。

辻：いわゆる個人主義から外れているんですね。

高橋：いや、個人主義っていう発想がそもそもないのだと思います。これは日本の近代文学の優れた女性作家の最大の特徴なんですよ。男性作家は個人を確立しようとするけれど、すぐれた女性作家は個人とか興味なくて、それこそ「あいだ」にいて、こっち向いたりあっち向いたりするけれど、「自分が」なんて言わない（笑）。

樋口一葉も自分の身体に合ったことばを使いました。近代の散文は人工的につくったものだから、身体性が乏しいんだと思うんです。

辻：これも関係あるかな。男が漢文なのに対して、女性は仮名。土佐日記みたいに、男性なのに女性のように書いた人もいる。

高橋：そうそう、千年以上経ってもあるんです、ことばには身体性が。武田百合子さんは、武田泰淳（小説家、一九一二―一九七六）の奥さんなんですが、泰淳が晩年に脳梗塞になって書けなくなると、百合子さんが口述筆記をします。彼の晩年の作品は、もしかしたらほんとうは武田百合子が書いたんじゃないかというくらい良いんですね。ものすごくことばが身体的なんです。

辻：身体的を言いかえると、体と心が切り離されていない、ということでしょう。デカルト以来の心身の分離、自然と人間の分離、心と物の分離……。そういうものがいわば近代をつくってきたとすれば、それに対して未分離な状態ということですね。

高橋：だから「あいだ」にいられるんです。自我とか観念を表すのには、意味を乗せることばとして、言ってみれば切り分けていくためにことばを使っていたのが、ある意味先祖がえりをしたとも言えます。文学って、行きづまると、ひらがな、もしくは口語、しかも女性のことばに戻るんですよ。まさに土佐日記がそうだったし、戦後の作家でそれをやったのは太宰治です。『斜陽』も女性の一人称ですよね。橋本治さんもだけれど、自我を必要としない男性は女にもなれるんです。これは、切り分けない態度なんだと思うんです。俺はここでお前はそこ、ではない。でも、だいたい男性作家は基本的に不安をもっているから、それができないんです。

辻：ことばの身体性をもつための「あいだ」、「あいだ」から文学を考えてみるということですね。それに関連するかどうか、男性作家のほうの女性関係を考えると、商売の女性たちを相手にするという描写がやたら多く出てきませんか。

高橋：男性作家たちはコミュニケートすることができなくて、個人主義のなれの果てというのか……。コミュニケート能力があるのは女性のほうで、本気で男性とコミュニケーションをとろうとすると、ことばをもっているはずの幸徳秋水や大杉栄は逃げだしちゃう。

辻：そういう意味では、家族論にもつながっていきますね。

家族にも「あいだ」が必要

高橋：家族と言えば、前にも話しましたが『カラマーゾフの兄弟』は未完なんですね。続きは、ドストエフスキー（ロシアの小説家・思想家 一八二一―一八八一）が亡くなったから書かれていません。キリスト教を深く信ずるアリョーシャが、孤児たちを集めて孤児院をつくろうとするところで終わっています。続きが書かれていたら、おそらく孤児たちが主人公になったでしょう。つまり、ドストエフスキーが最終的に書こうとしたのは、血縁関係のない子どもたちが家族になっていくことだったのではないか。実の家族は、父親はクレイジーだし、長男は強欲の塊で、次男は冷徹な無神論者だったりしている。弟のアリョーシャだけが愛の塊なんですよね。「血縁がない家族に希望がある」というのが、ドストエフスキーがたどりついた結論ではないのか。これは、ある意味、国家共同体にも言えます。国民国家を血族的関係だとして敵をつくるなんて、そもそもおかしいというのが、ドストエフスキーが言いたかったことじゃないのかという説があるんですね。

辻：なるほど。血縁じゃない家族といえば、是枝裕和監督の『万引き家族』（二〇一八年）が描いたのも、誰も血がつながっていない家族です。ぼくはこの映画を高く評価していて、前後して話題になった二つの映画と比較してみるんです。アカデミー賞もとった韓国のポン・ジュノ監督の『パラサイト　半地下の家族』（二〇一九年）や、イギリスのケン・ローチ監督の『家族を想うとき』（二〇一九年）ですが、『万引き家族』同様、格差が広がった社会の家族のあり方を描いている。でも、この二つで単位になってるのは、あくまで結婚したカップルとその子どもたちからなる家族です。その意味で、けっこうコンベンショナルというか常識的なんですが、その点、『万引き家族』は、近代的家族の崩壊のその先の世界を描いているようですごいと思ってるんです。

高橋：映画『この世界の片隅に』（原作・こうの史代　監督・片淵須直　二〇一六年）の終わりも、主人公のすずさんが広島で被爆した女の子を拾いますよね。話自体はその前で終わっていますが、エンディングで、被爆してお母さんが死んでしまった女の子を連れて帰って家族にする場面が映ります。死者の子を養子に迎えて、血縁じゃない家族をつくる物語で終わっている。家族って、まさに人と人でできている共同体ですが、以前は「家族は血縁」であることが強調されていた。でも、血縁とは関係ないほうがいいと積極的に考えてみた。そして、そこにこそ愛があるのだ、と。

こういう考え方で有名なのが、前にも出た柳田國男の「先祖の話」ですね。東京大空襲の後に、柳田國男が書いた怒りの評論文とも言えます。簡単に言えば、あまりにも人が死に過ぎて、○○家という家自体がなくなりそうになった。普通に考えるなら、遠くの親戚の子をもらって家を存続させようとするのだろうけど、柳田國男の発想は、死んだ人間の養子になって家をつくる。つまり全く無関係な人、しかも死んでいる人と血縁関係を結ぶんです。この考えは、血縁的な家族の在り方とは全く異なったものです。そして、これは、二一世紀の家族像にもつながっているのかもしれません。

辻：養子縁組は日本では普通考えられているよりも盛んに行われてきましたよね。家を継ぐためにですが。ぼくが子どもの時、近所の家で子どもをもらうことになり、それに向けて若い奥さんがお腹に物をつめて、だんだんお腹を大きくしていったんです。妊娠しているように見せて、子どもを自分で産むということをアピールする。それだけ社会からの血縁主義のプレッシャーが強かったんでしょうけど、今考えてみると、自分自身の中で、子どもを妊娠して出産するという経験を擬似的になぞっていたのかもしれないなとも思えます。

アメリカでは離婚が多いのと同時に、養子も多い。たとえばアメリカが戦争をしていたような場所から、孤児や親が育てられない子どもを、思想的にリベラルで高学歴の人たちがどんどん自分の養子にするんです。ぼくの友人や知り合いの家族にもそういうケースがけっこうあって、実の子ども二人（白人）と黒人の養子二人の四人兄弟だったり、白人の夫と台湾系の妻が台湾から養子をとったりもしていました。

高橋：アメリカは、たしかにどんどん養子をとりますよね。

辻：あと、離婚と再婚の多さがアメリカに家族の新しい形を生み出していますね。クリスマスになると、前の奥さんとその夫、その夫の前の奥さんとその夫、そしてそれぞれのカップルの子どもたちの群れがわーっと集まって来て、まるで新しいコミュニティのようなものができる。アメリカに行った最初の頃は、これも家族なんだ、っていう驚きがありました。

高橋：ラジオで「えらいてんちょう」（実業家・作家・投資家 本名・矢内東紀、一九九〇～）って人の『しょぼ婚のススメ』（イースト・プレス、二〇一九年）を紹介したんですが、辻さん、知ってます？

辻：いいえ、知りません。

高橋：えらいてんちょうはペンネームで、略して「えらてん」。『しょぼい起業で生きていく』（イースト・プレス、二〇一八年）という本も出していて、YouTubeで内田樹さんが対談していたんです。しかも司会がイスラム法学者の中田考さんで、どんな組み合わせなんだろう、と興味津々で聞きました。この「えらてん」さんが変わった経歴で、両親が元東大全共闘で、日本で最初のコミューンと言われたヤマギシ会（農業・牧畜業を基盤とする理想的コ

（ミュニティをめざす活動体）の創設メンバーと仲がよくて、同じようなコミュニティを創った人たちなんです。原始共同体に賛成でそのコミューンは今もあり、お父さんが亡くなったあとは、お母さんがリーダーになった。「えらてん」さんはそこから脱走してきたんです。異なるコミュニティのあり方を実践していた世界にいて、そこから逃れてきたから、ものすごく発想が自由でユニーク。『しょぼ婚のススメ』では「とりあえず結婚しましょう」と言っている。

辻：とりあえず、か（笑）。

高橋：「特にいやなところがなかったら、その日のうちに結婚してください。結婚すると、信用も上がるし、家計も安く上がるし、だめなところがあったら互いに補えばいい。言うことなし」。結婚のハードルをものすごく下げた話なんです。でもすごく説得力がある。どうしてだろうと読み進めていて、突然気づいたんです。これは、他者とどうやって暮らすかという話だと。

辻：他者と暮らす。結婚はたしかにそうですよね。家族の中でそこだけが血縁じゃない。これ、人類学上の大問題なんです。

高橋：隣人が気に食わなくて引っ越すことはできても、隣国はそうはいきませんからね。「えらてん」さんは、いっしょにやるしかないだろうと結婚論で言っているんです。

今の社会は、他人となかなかいっしょにやれない。国同士はもちろん、いろいろなところでぶつかりあってしまう。俺がこんなにがんばっているのにお前はだめ、とか言ってね。でもいっしょにやるしかないなら、ハードルを下げてしまったほうがいい。自由主義、リベラルな在り方、個人主義、個人の自由を大切にすればぶつかりあう。ぶつかるのは良しとしたとしても、ぶつかりすぎたら関係が壊れてしまいますからね。

辻：そうか。ぼくたちはこれまで自由と愛の両方を追い求めて、愛のハードルを高めてきたけれど、とりあえずどうやっていっしょにやっていくか、ということから愛は始まる、と言ってるんですね。

高橋：「ロマンチック・ラブ・イデオロギー」が明治二〇年代に入ってきて、若い作家たちがこぞって、恋愛っていうものはしてみたほうがいいらしいとなって、キリスト教を信仰している処女の女性たちにプラトニックな恋愛をしかけた。その一方で、性欲のほうは女性を買いにいくことで解消していた。これはもう男性の欺瞞そのものでしょう。

辻：なるほど、その男性が抱えた分裂みたいなものを、さっき言った女性たちが、自分のやり方で打ち破っていったわけですね。

高橋：そう、男ができなかったことを女性がやったんです。

「あいだ」としての「私」、そして愛――緒方正人

辻：ここで、ぼくが用意してきた話をさせてもらいたいと思います。『常世の舟を漕ぎて　熟成版』（語り・緒方正人　編著・辻信一　素敬 SOKEIパブリッシング、二〇二〇年）という本を出すんです。この本の初版は一九九六年に出たので、普通なら増補版とでもいうところですが、その後の二五年以上かけて、聞き書きを少しずつ続けてきたのであえて

「熟成版」としました。水俣病事件の被害者で漁師の、緒方正人という人の聞き書きで、最初は『思想の科学』（月刊の思想雑誌、一九四六―一九九六 同人は鶴見俊輔、丸山眞男等七人）で連載していた。最初の本が出た後も、新しい聞き書きを他の雑誌に載せたり、途中で英語版をアメリカで出したりしながら、今に至っています。

緒方正人は漁師の家に生まれ、子どもの時から漁師になるつもりで、学校でもあまり勉強はしなかったようです。反抗的な青年時代を過ごすんですが、そのきっかけになったのが、六歳の時、父親が劇症水俣病で亡くなったこと。関節が曲がって、全身が痙攣し、口もきけず、ものすごい痛みとともに死ぬというすさまじい最期だったようです。大家族の末っ子で父親に特にかわいがられていた正人はそばでずっと看病して、すべてを目の当たりにしてしまうわけです。

原因企業のチッソに復讐を誓って右翼暴力団に入って、左翼運動のデモに突っ込んでいって逮捕され、少年院送りになったりしますが、その後は水俣病患者の認定申請の運動にのめりこんでいく。なぜ「認定」が問題になるかといえば、自分がいくら水俣病で苦しんでいると言ってもだめで、科学的な審査を通して国や県に認定してもらわないと「患者」ではないし、補償ももらえません。国は告発され、水俣病を引き起こした責任を問われている側なのに、認定する側でもあるんです。彼は、その認定運動に一種の狂気をはらんだままのめりこんでいき、若くしてリーダーの一人になる。仲間たちの多くが後で、「あの頃、正人がいちばん危なっかしかった」と回想するほど、彼は激しく、暴力的な対決姿勢でチッソや自治体や政府に向かうんですが、そのうちに、ほんとうに精神的におかしくなってしまうんです。彼が「狂い」と呼ぶ状態に陥って、にっちもさっちも行かなくなるんです。後から考えれば数カ月間のことなんですけど、完全に「行っちゃう」んですね。で、どこに行ったのかっていうと、彼によれば「生と死のあいだ」です。

高橋：「あいだ」に行くんですね。

辻　：そう、こっちの世界とあっちの世界の「あいだ」であり、自然界と人間界の「あいだ」でもあった。たとえば、その時、海や山からいろんな声が聞こえてきたというんです。人間以外の生き物たちの声や、死者たちの声が……。何度も、このままあっちの世界へ行ってしまおうという気になって、ほんとうにギリギリのところにいたみたいです。でも、数カ月して、ぽんっとそこから抜けて、こっちの世界に戻ってきた。そして最初にやったことは、患者認定申請を取り下げることでした。そして彼は、船大工に頼んで、昔ながらの方法で木の舟を造ります。チッソはプラスチックの製造をしていたから、プラスチックでつくられた船に乗るのは嫌だからとね。それが「常世の舟」と名づけられる舟です。

その舟を漕いで、帆を立てて、自分の家のある女島から水俣の町まで行き、舟を降りると、今度はリヤカーを引いて、チッソの本社の正門の前にござを敷いて座る。七輪で魚を焼いてそれを肴に酒を飲んだり。何も言わず、そこに一日座っている。ただそれだけのことを繰り返しやり始めたんです。

高橋：すごい話ですね。

辻　：ぼくの聞き書きが本になったすぐ後に、彼の発言を集めた『チッソは私であった』（葦書房、二〇〇一年）という本が出版され、そのタイトルが物議を醸します。チッソは原因企業で、そのチッソが流した有機水銀で水俣病になったという被害者が、「チッソは私だ」と言ったわけですが、これはどういうことでしょう。事件を見るときには、被害者と加害者というふうに区別するのが普通ですから、緒方正人が「チッソは私であった」と言い出したとき、多くの人が困惑し、特に患者認定や補償のために運動をやってきた人たちは、動揺したし、怒る人も出てきました。そんなことを認めるわけにはいかない、と。

彼は、「狂い」を経て、申請を取り下げ、裁判の土俵から降りると言ったわけです。それは、加害者対被害者という二項対立で争うことから降りることだった。被害者というカテゴリーの中にいる限り、自分が加害者でもあることに気がつかないと言うわけですよ。考えてみれば、チッソがつくってきた化学肥料とかプラスチックを必要として、実際に消費していたのは自分たちで、みんなプラスチックまみれの暮らし、化学肥料まみれの農業をやり、できたものを食べてきたじゃないか、と正人は言うわけです。その後、さらに彼は「毒に対しても失礼だ」と言いはじめる。

高橋：毒に失礼。すごいことばだ。

辻　：水銀について調べたら、チッソが使っている水銀は、どうも北海道の旭川付近から掘り出されているらしい。勝手に掘り出して連れてきておいて、問題が起こると、毒だ、毒だ、と悪者にして、あげくのはてにドラム缶に入れて埋め立ててしまう。そういう散々な目にあわされた水銀の身にもなってみろよ、と彼は言ったわけです。

そしてこんなことを言うようになった。国に認定してもらわなければ水俣病患者になれないなら、いったい俺という存在は何なのだ。認定されずに死んでいった人たちは、死を前にして、声にならない声でなんと叫んだか、考えてみてほしい。「患者として認定してくれ」なんて言うわけない。きっと、「おら、人間ぞ」と叫んだはずだ、と。この「おら、人間ぞ」という彼のことばを、九六年の初版時の『常世の舟を漕ぎて』の帯で使いました。これが、「存在の認定」を求める人間の究極のことばだと彼は言うんです。「認定」ということばは、もちろん、「患者認定」というお役所ことばなんだけど、それをそのまま使って、彼は「存在の認定」と言う。生き物たちも山河も、毒でさえ、この世のすべての存在が求めているのは、存在として認められ、受け入れられることなのではないか。存在を存在として認定しよう、というのが、彼の行きついたところだったわけです。ちょっと引用させてください。

――水銀に対して、「申し訳なかったな、あんたらばっかり悪者にして」と、俺たちも言わないといけないんじゃないか。ずっと「臭いものに蓋」をしてきたことに対して詫びを入れる。それを俺は「存在の認定」と言うんです。……物であろうが人であろうが、存在が求めているのは、結局、その存在が認められるということだと思う。あらゆるものにたいして、その存在を認める。認めるというのは、いい悪いの話じゃないんですよ。(『常世の舟を漕ぎて 熟成版』、309頁)

そして彼は、こうつけ加える。それは、「愛してる」ということだと思う、と。やっと「愛」の話が出てきましたが、この「愛してる」に関連して、彼は「見る」ことについてもよく言うんです。風景を見る時、普通は「見ている」側の視点のことだけを意識している。でも、風景に「見られている」という意識は欠けている。花を「見る」と言う時も、自分が花を見ているだけでなくて、花から見られている自分もいる、と。これと同じことが、水俣の水銀や福島の放射性物質についても考えられるわけです。

——毒物の側に立てば、勝手につくっておいて嫌われて、用済みだから出ていけというのはたまらんですよ。俺だったらそう思うな。毒から見たらどう見えるか、他の生き物から見たらどう見えるか、と考えてみる。（同前、308頁）

「見る」ということを彼は一種のコミュニケーションだと捉えている。そう言えば、コミュニケーションということばの語源は「一つになる」という意味だと言います。関係を結ぶという意味での「見る」は、一方的で非関係的な「見る」と違って手間がかかります。一方的に見るのにも、一方的に話すのにも時間はかからない。だから、手軽だし、気軽に見える。だけど、それだと見るものと見られるもの、話す側と聞く側はつながらず、分断されたままです。緒方正人は、あの「狂い」の時以来、ずっとその分断を超えた融合を追い求めてきたんですね。それが彼の言う「愛」です。彼は今度の本の中で、こんなことも言っている。

——好きにならないと惚れられないですよ。そう思う。俺は酒飲みだから、酒が好きで飲んでたら酒から惚れられちゃった。相思相愛になるんですよ。これは風景もそうだと思う。俺はここに生まれてずっとここで生きてきたけど、今でも海も山もつくづく美しいと思う。惚れてるのね。そして惚れられてるなって。（同前、294～295頁）

こういう言い方で、彼が表現しようとしているのは、まず「私」という「主体」があって、それが「風景」という「客体」に関わるという、主体ありきの認識論ではダメだ、ということだと思うんです。「私」というのは最初から風景の中にあって、風景に見られていて、風景に貫かれている。「私」と「風景」とは別々のものではない。愛し、愛され、風景のない私はなく、私のない風景はない。

水俣病問題は多くの人たちにとって当初は公害問題で、のちに環境問題になっていった。でも正人はずっと前から、「環境運動」ということばが嫌いなんですね。これはぼくと会うたびにずっと言ってました。それは単純化して言うと、「環境」というのが主体の外側にある客体的な対象として捉えられているからです。彼からすれば、環境ということばは冷たい。運動家には「愛」がないと見えるんでしょう。この感覚は、歴史的に辿ると、和辻哲郎の「風土」の思想にも通じる。あれこそまさに、「あいだ」の哲学だと思います。和辻はそこで、西洋的な「主体」としての人間と「客体」としての自然環境という二元論を批判するわけですね。今ここでは詳しいことは言いませんが、和辻にとって「間」や「間柄」ということばはキーワードです。たとえば、「我々は『風土』において我々自身を、間柄としての我々自身を、見出すのである」（『風土』岩波文庫、14頁）と言う。この「間柄」の中には歴史性、共同性、社会性、文化、言語などがすべて埋め込まれている。

これと似た「あいだ」の思想が、緒方正人の中に息づいている、とぼくには思えるんです。彼は以前から、「所有」という概念に対する強い嫌悪感をもっていて、その話をよくしてくれるんですが、それも、「私」という存在がさまざまな「間柄」によって成り立っているという感覚が彼のうちではっきりしているからだと思うんです。もう少し、新しい本から引用させてください。やっぱり、単なる思考じゃないから、彼自身の感覚的なことばじゃないと、なかなか伝わらないと思うので。

——世の中に今、「私のいのちをどうするのも、私の勝手でしょ」みたいな雰囲気がある。いのちを所有しているという錯覚が起きている。もっと言えば、土地も山も海もそうです。私のものなんて、ふざけるなと言いたくなる。おそらく、生まれる前と亡くなった後は、この大きな世界に統合されて一体になるんでしょうけど、その間の一時期、生きている間だけ、仮の「私」を生きるだけでしょ。せいぜい七、八十年の間だけのこと。(同前、293頁)

この、生まれる前と死んだ後の「あいだ」に生きているとか、さまざまな生命と連なって、その「あいだ」に生きているとかという「あいだ」の感覚が、彼には普通の人よりずっと生き生きとしているような感じがするんですね。その後に彼はこう言います。

――今こうして生きている我々が生きものの現役であるということは確かであっても、その前に、何千代、何万代かわからんくらいの生命の運動があって、我々はその中にある。もちろん一人ひとりの存在の意味も大きいでしょうけど、永くて大きな生命世界の中にあるということの意味をつくづく思わされるんですね。（同前、295頁）

緒方正人にはヒップホップ的な面があって、韻をふんだり、ダジャレとか語呂合わせとかのことば遊びをするのが大好きなんです。そこにも、彼の思想の「あいだ性」というのがよく表れていると思うんだけど、今度の本にもこんな名文句があるんです。「いのちはのちのいのちへ、のちのちのいのちへとかけられた願いの働きに生かさるる」。これを気に入ってくれた医師の稲葉俊郎さんが『いのちは　のちの　いのちへ　新しい医療のかたち』（アノニマ・スタジオ、二〇二〇年）という本を出しました。ぼくたちの存在の「あいだ」性がよく表現されているし、そこには正人流の「愛」も溢れていると思うんですが、どうでしょう。

そういえば、これとよく似た名言が和辻哲郎にもありますね。

――人は死に、人の間は変わる、しかし絶えず死にかわりつつ、人は生き人の間は続いている。（『風土』、岩波文庫、19頁）

高橋：非常にいい話、というより、すごく大切な話ですね。水俣病の患者が、自分もチッソだったと言ったとき、被害者と加害者という区分が崩れた。それは、ものすごく大きいことだったと思います。

辻　：その点から考えると福島の現状も深刻ですね。国家の敷いた土俵、それ自体を疑う声があったとしてもほとんど聞こえてこないんですから。ぼくは今もう一度、この緒方正人の声を世に問いたいと思っているところです。

被害者と加害者の「あいだ」、韓国と日本の「あいだ」

高橋：水俣といえば、石牟礼道子さんのことはまた別の機会にお話ししますが、六〇年代に九州の炭鉱で、反合理化闘争をしていた大正行動隊という活動家のグループがありました。リーダーが谷川雁（詩人・評論家・教育運動家 一九二三—一九九五）で、その下に森崎和江（詩人・作家 一九二七〜）がいて、そこに石牟礼道子さんもいたんです。

さっきのメンターと女性の思想家の組み合わせを六〇年代に再現したのが森崎和江と谷川雁で、森崎さんの作品を、ぼくは六〇年代に読んでいました。彼女は後に『からゆきさん』（朝日新聞社、一九七六年）を発表しています。「からゆきさん」はいわば「従軍慰安婦」の元祖ともいうべき存在ですが、森崎さんは、からゆきさんをいわゆる悲劇の主人公として書かなかった。食いつめて行き場がなくなった家を出て、九州の若い女性たちが、半分希望をもって海外に渡って、からゆきさんになった。一方的に売られていったという書き方はしていません。もちろん悲惨な目にもたくさん遭ったわけですが、それだけじゃない。被害者の面だけを書いたら「からゆきさん」たちの尊厳を壊してしまうというのが、森崎和江さんの姿勢でした。彼女たちを非常に力強く、魅力的に書いています。

森崎さんの魅力はそれだけではありません。六〇年代に書かれた彼女のエッセイは、独特の詩的な魅力を持った文体で書かれていました。その、男性のものとは違うオリジナルな文体は、文体そのものがフェミニズムの先駆的なものだったと言えると思います。

先日、『帝国の慰安婦』を書いた朴裕河《パクユハ》さん（韓国・世宗大学教授　一九五七〜）と話をしました。それはYouTubeで見ることもできますが、彼女が告発されているのは、いわゆる従軍「慰安婦」の人たちを単純な被害者にはしなかったからなんですね。

辻：朴裕河《パクユハ》さんは、『主戦場』（ミキ・デザキ監督、二〇一八年）という映画にも登場しています。この映画自体が慰安婦問題をめぐる対立の「あいだ」に立って、先入観を横に置いて、両方の話をしっかり謙虚に聴きこむという態度が土台になっている。泥仕合の様相を呈しているかに見える論争を、違うレベルにもっていってくれたと、ぼくは高く評価してるんです。監督は日系アメリカ人なんですが、これがまたとても誠実そうな人で。朴裕河《パクユハ》さんは『帝国の慰安婦——植民地支配と記憶の闘い』（朝日新聞出版、二〇一四年）で学術的には非常に高い評価を受けながら、一方で政治的に叩かれて裁判にまでなりましたよね。彼女も森崎さんも、被害者・加害者という二元論にはまらない。まさに「あいだ」に身を置いて考える人たちなんでしょうね。

高橋：朴裕河《パクユハ》さんが試みたのは、真実を単純化させないために両者の意見に徹底的に耳をかたむけることで、被害と加害は単純には分類できず、時に被害者は加害者でもあった点を指摘しています。簡単に言うと、いわゆる従軍慰安婦と言われる人たちの、ほんとうの声を聞き取ろうとしたということです。声は単一ではないから、悲惨で性奴隷のような人たちもいたでしょうが、なかには愛をもって兵士に接した人もいただろうという、多様な声の中に真実を見つめていかなくてはならないというのが、朴裕《パクユ》河《ハ》さんの視点です。

　でもそれはなかなか難しい問題で、そうすると「被害者の悲惨な体験はどうしてくれるんだ」「許せない」という人たちが現れるのも当然のことかもしれません。これはどっちが正しいかという問題ではないし、また、正しさを求めるだけでいいのか、と考えさせられる。だからこそ、ぼくたちはできるだけ、今、もしくは未来の世界にとって豊かになるような受け取り方ができないのかなと思うんです。でも、こういう論争に参加している人は、基本的に政治学、社会学、歴史学の分野の人たちで、それに対して、朴裕河《パクユハ》さんは文学者なんですね。デビュー作が夏目漱石論で、次が植民地文学論ですよね。文学者だからこそ歴史に対してあえて「正しさ」を目指さない向きあい方ができる。政治学や歴史学の人たちとは相いれない部分があることはよくわかります。文学のことばは、こういう時代にはこういう声なんだという、一般性に還元しないものですから。

辻：その意味では文化人類学も似てますよ。彼女は非常に優れた人類学者だなとも思いますね。あの本の中で、朴裕河《パクユハ》さんは「ノイズ」ということばを使っていて、挺対協（韓国挺身隊問題対策協議会。二〇一八年より「日本軍性奴隷制問題解決のための正義記憶連帯」と改名）のような「オフィシャル」な「記憶」と、慰安婦問題否定派の「記憶」との政治的対立の「あいだ」にあるノイズが消し去られて、それぞれの物語が純粋培養されている、という言い方をしている。そして、そのノイズに耳を傾けない限り、本当の意味での解決も、癒しももたらされない、と。高橋さんが「雑の研究」で話した雑音＝ノイズとしての文学というテーマを思い出します（第5章参照）。朴裕《パクユ》河《ハ》さんの本では、たとえば、ノイズとは日本の兵士を愛してしまった元慰安婦の話で、これを聞いてくれるような場所が韓国にいまだにないことが、補償金を受け取った慰安婦たちが声を奪われている理由だと。「愛」のような話は、「レイプ」か「売春」か、という政治的議論の「あいだ」にあるノイズに過ぎないとされる。文学も文化人類学もそれを聞き取ろうとする営みなんでしょうね。

そういえば、『主戦場』では、インタビューされた挺対協側のリーダーの女性が、朴裕河《パクユハ》さんの本のことを聞かれて、最初、「ああ、読んだけどデタラメで全然問題にならない」みたいなことを言いかけて、さらに問われると、「読もうとしたけど、あまりにひどいので読まなかった」と言い換えるシーンがあるんです。とても印象的な場面でした。ああ、ノイズとして消し去るって、こういうことか、と。

さて、植民地文学について、ちょっと話してもらえませんか？

高橋：はい。まさに植民地文学こそ、「あいだの文学」だと言えますね。

日本と韓国・朝鮮の問題は、基本的には宗主国と植民地の問題です。宗主国と植民地は、ざっくり言うと互いに理解し合えない。どうしてかというと、これは茨木のり子さん（詩人・エッセイスト 一九二六―二〇〇六）の『ハングルへの旅』（朝日新聞出版、一九八九年）に書いてあるのですが、韓国のいちばんの苦しみはことばを奪われたことなんです。ごぞんじのように、日本の統治下では日本語が強制され、学校では日本語教育が行われました。そして、韓国・朝鮮語を教える教師は馬鹿にされ、給料も少なく、日本語を教える教師は内地から若い東大出の教師が行って、高給をもらっていたりしました。それを歴史だと、「日本語も韓国・朝鮮語も教えていた」と書く。だからおかしくないだろうという話になるんです。ここが歴史と文学の違うところです。

実際にその時代に舞い降りて、その中で書いている人はいて、その多様な声を聞くと、日韓で今揉めていることがいかに、互いに理解しないままで行われているかということがわかるんです。

日本の植民地時代、韓国・朝鮮の作家が暮らしていくためには、その多くが日本語で書かなければいけなかった。だから、植民地文学というのは、韓国・朝鮮の人たちが書いた日本語文学なんです。それともう一つ、日本で食いつめた日本人の作家が、韓国に行って日本語で作品を書いています。『山月記』の中島敦とか、田中英光などの作家が、宗主国の人間が植民地の人に対して酷いことをやっているとわかりながら書いている日本語の小説です。それに対して韓国・朝鮮の人たちは、日本人よりもっと日本への愛国心に満ちているものを書いている。この二種類の作品が大量に出てくるんです。こういう作品を当時の人たちは、読んでどう思ったんでしょうか。今、ぼくが読んでもすごく複雑な気持ちになります。

日本人が韓国・朝鮮で書く日本語の小説、韓国・朝鮮人たちが韓国・朝鮮、もしくは日本で書いている日本語の小説、その中に出てくる日本人と韓国・朝鮮の人は、言っていることそれぞれが本気かどうかすらわからないんです。威勢がよかったり、恥ずかしがったりして、感情も考え方も立場もものすごく複雑で、こんな複雑な文学は当時の日本文学にもありませんでした。まったく本音がわからないんです。

日本は韓国・朝鮮の人たちに「創氏改名」をさせましたが、名前を変えたとき、韓国・朝鮮の人たちにどんな葛藤があったかは記録に残っていません。でも小説には書かれています。ものすごく大きな葛藤があったことが。でも、それをストレートに書いてはおらず、たとえば、日本人が「万歳、万歳」と言うところを、韓国・朝鮮の兵士は万歳を四回言う。日本人より熱心に日本国民になろうとしているからです。その態度を見せなければならないから「万歳、万歳、万歳、日本国万歳」って言うのが韓国・朝鮮の兵士、と。それを書いているのは日本人作家で、中島敦とか田中英光は超一流の作家だから、韓国・朝鮮の人たちの葛藤をわかった上で書いている。でも韓国・朝鮮の作家も本心は明かさないから、ほんとうは嫌なのか、望んでやっているのか、望んでやっているふりをしていて嫌なのかは書いていないんですよ。書けなかったわけですが。

これらの作品は、ほとんど本になっていないので読めません。集英社の戦争文学全集などにはあると思うけれど、売れないからなんでしょうね。

辻　：高橋さんは、いわゆる在日コリアンの問題にも注目していますよね。「在日」というのも、存在自体がまさに「あいだ」の「あいだ」、ど真ん中です。

高橋：「平和の少女像」(いわゆる従軍慰安婦像)を見にソウルに行きました。実は「平和の少女像」には、もう一つ、対になるように韓国軍が民間人虐殺をした象徴として母子像「ベトナム・ピエタ」があるんです。

辻：そのことはほとんど知られていませんね。

高橋：同じ作者が、日本軍の残虐さと、韓国軍の残虐さ、その両方を告発する作品をつくりました。「平和の少女像」のほうはナショナルな共感を得て世界のあちこちに置かれているけど、自国を告発した像は、済州島に一つ、ひっそりと置かれているだけです。済州島でもおそらく半数以上の人は反対しているだろうと、設置された場所の教会関係者の方が言っていました。済州島は四・三事件（一九四八年）で島民が蜂起して、政府軍と警察によって島民の五人に一人にあたる六万人が殺されたと言われています。その時日本に逃れてきて在日になった人たちもいます。

その四・三事件の虐殺に対して警察と軍が公式の謝罪を行ったのが、なんと去年（二〇一九年）なんです。七一年たってからの謝罪で、その補償金で済州島にキリスト教センター（聖フランシスコ平和センター）ができ、そこに像が置かれています。そのセンターは、米軍と韓国軍が共同で造る基地に対する反対運動をやってきました。結局基地はできてしまったんですが、今も反対運動は続いています。キリスト教センターにあった車に、「辺野古」のステッカーが貼ってありました。別の連帯が始まっていることを、多くの日本人は知らないのでしょうね。

辻：済州島にルーツをもつ人たちが集中して住んだのが、大阪の鶴橋ですね。昔、猪飼野《いかいの》って呼ばれていたところです。何回か訪ねましたけど、朝鮮半島にもないものとか、とっくになくなったものなんかがまだ息づいている。まず、済州島の位置は、地理的にも、歴史的、社会的にも、まさに朝鮮半島と日本の「あいだ」ですよね。今では韓国では大人気のリゾートですし、移り住む人も多いけど、昔は半島からの差別も迫害もあった。四・三事件の虐殺も、そういう背景抜きには考えられない。また同じ在日でも、半島出身の人からの差別を受けたと聞きます。風土も文化も歴史もかなり違いますからね。ぼくにはどうしても、日本にとっての沖縄と、韓国にとっての済州島が、重なって見えてしまうところがある。在日が「あいだ」だとすると、そのまた「あいだ」という感じです、済州島出身者の中には活躍している作家や詩人も多いですよね。これもとても興味深い点です。

高橋：そうです。なので、在日とひとことで言っても、多様で、重層的です。

辻　：ちなみにぼくの父親は半島出身なんですよ。ぼくは大人になるまでそれを知らずに育ったんですが。太平洋戦争前に、今は北朝鮮の側にある地域から、家出同然で日本に留学しに来た。在日の中にもいろんな出身、背景があって、たとえばぼくの親父のように北側から来た人は南側の人を下に見て、南の人はまた済州島出身者を下に見るということもあったらしい。済州島にルーツをもつ人には、たとえば、詩人の金時鐘《キムシジョン》（釜山生まれ。済州島で少年期を過ごす　一九二九〜）、作家の梁石日《ヤンソギル》（大阪市猪飼野生まれ。両親は済州島出身　一九三六〜）、金石範《キムソクポム》（大阪市生まれ。両親は済州島出身　一九二五〜）などがいます。金時鐘《キムシジョン》は四・三事件のまさに当事者で、いのちからがら逃げて、密航船で猪飼野にたどり着いた人だし、金石範《キムソクポム》の有名な『火山島』（岩波オンデマンドブックス、二〇一五年）は済州島のことで、四・三事件を題材にした小説ですよね。ぼくは金時鐘《キムシジョン》と梁石日《ヤンソギル》のファンで、お会いして、お話をうかがったこともあるんです。

高橋：骨太の近代文学ですよね。ある意味、非常に堂々としている。日本の現代作家にはとても書けない。彼らの作品は、ある種の異物として日本文学の中に入っている。とてもおもしろいですね。

辻：梁石日《ヤンソギル》の『血と骨』（幻冬舎文庫、二〇〇一年）については、ぼくは評論を書いたこともあるんです。あれが一つの典型だと思うんだけど、すごく身体的で、もう身体だらけ、みたいな印象。そういう意味では、さっきの高橋さんの話にもあった女性たちのもっている身体性につながっているのかもしれません。ぼくの好きな彼の本に『アジア的身体』（平凡社、一九九九年）という評論があって、これもぼくは気に入っています。

高橋：そう、ある身体性が暴力的なものとして出てくるって感じがありますね。そういうことを含めて、ずっと思っているのは「知る」ことの大切さです。歴史の本を読むだけじゃなくて小説を読むこともいいと思う。現場に行って、ぼくたち自身がそのことの「あいだ」に入って、そこにある声を聞き取らないといけないんだと思います。

辻：「あいだ」に分け入る。そういえば、茨木のり子さんはぼくも大好きな詩人ですが、先ほど、『ハングルへの旅』に触れましたよね。

高橋：はい、茨木さんは五〇歳になって、夫が亡くなった後、ハングルを独習します。もともと朝鮮の民謡や詩が好きで、それを原語で読みたいということで始めるんですが、最初にぶつかったのが、「なんでハングルなんですか？」という質問でした。そして、茨木さんは気づきます。英語やフランス語を始めても「なんで？」と聞く人は少ないことに。これはぼくたちの中にある、抜きがたいアジア差別の故なのか、と。さっきの質問に対して茨木さんは、「隣の国のことばですもの」と答えたのですが。

結局、茨木さんは韓国の詩を翻訳するにまで至ります。茨木さんの詩は韓国でも翻訳されているので、同年代の韓国の詩人が「あなたの詩を読んでいます」と言ってきたとき、茨木さんは思わず「日本語がお上手ですね」と言ってしまう。「はい、戦争中は日本語を習っていましたから」という答えに、茨木さんは恥ずかしくて、ますます真剣に韓国・朝鮮語をやることになったのです。日本人として、韓国・朝鮮の人たちに「皇民化政策」をしたという知識はあっても、ぽろっと「日本語が上手いですね」ということばが出てしまう。茨木さんは、根本的な無知とはこういうことだと恥じ、ハングルに向き直って韓国・朝鮮との交流の歴史をたどっていきます。

これは、何かを知るときの一つのいいやり方ですよね。ことばを習って、詩人なので詩を翻訳して、一つでもその国の人たちが語っていることを活かしたいと思う。ある意味、遠回りなんですが、結果的には近い。実は、最近、アラビア語を始めたんです。イスラムのことを読んでいたら、これはちょっとわからないなと思って、自分で辞書を引いて、翻訳されていないものを調べています。これはとても良いやり方だと思うんですよ。そのことだけで何かと対立しなくなるんです。辞書を引くっていうことは、その国のことばに対する敬意ですからね。手間をかけてやっていくと、気づいたときにはリスペクトしている。人間というのは、構造的にそういうものじゃないかと思うんですよ。今は情報化社会で、なんでもネットで検索すればわかるっていう人が増えてきているけど、ネットには何も書いていないと思ったほうがいい。他者を理解するには労力と手間をかけなくちゃいけない。

辻：そうしないと「あいだ」が見えないし、「あいだ」に身を置くなんてできないってことなんでしょうね。それができないと、愛も想像力も湧いてこない。加害者・被害者のように分離して理解するほうが手っ取り早くて、効率的に見えるけど。

高橋：そう、大事なのは時間をかけて「あいだ」に入ることなんですね。

第4章　「あいだ」で読み解くコロナの時代

パオロ・ジョルダーノ
デヴィッド・スズキ
伊藤亜紗
カール・ポランニー
帚木蓬生
ダニエル・デフォー
ボッカチオ
カミュ
山本太郎
ヘミングウェイ
トーマス・マン
カフカ
植松聖
奥田知志
向谷地生良
タイニー・ラーマン
最首悟
武田泰淳
藤井貞和
デヴィッド・グレーバー
エドワード・サイード

「不要不急」と「あいだ」

辻　：前回の対談（第3章）は二〇二〇年二月一四日でしたから、コロナ・パンデミックの直前ですね。

高橋：あの対談のときにはコロナのコの字もなかったですよね。日本で最初にコロナのことが記事になったのは一月一〇日。日本の感染症の専門家の多くは、そんなに恐れることはないと断言していました。

辻　：日本は全体として対応が鈍かったですね。やはり、オリンピックのこともあったからかな。

高橋：あの対談から数日して初めて死者が出ました。

辻　：ぼくは二月下旬に学生たちを連れて、インド経由でブータン奥地へ実習に行っていたし、三月上旬にはカナダに行っていたんですよ。インドとブータンでは、すでに日本より緊張感が高まっていたんだけど、カナダは街中でマスクをしているほうが嫌な目で見られるような感じでした。三月中旬に日本に戻ってきて、ちょうどその日にカナダは国境閉鎖。ギリギリでした。

高橋：イタリアは二月から三月にかけて一気に感染が広まったけれど、パオロ・ジョルダーノ（イタリアの作家・物理学博士　一九八二〜）の『コロナの時代の僕ら』（早川書房、二〇二〇年）を読んでも、マスクをしていたら、周りから「お前おかしいよ」と言われると書いてありました。

辻　：今まさにその「コロナの時代」を生きているわけだけど、いろんなことを考えれば考えるほど、「あいだ」が役に立っているって、しみじみと感じています。

高橋：はい、ぼくもです。

辻　：その現在進行形の経験を交換しながら話をすすめていきましょう。まず、多くの人が感じている時空間の歪みというか、空間の移動が制限されたこととも関係して、時間が速いのか遅いのかよくわからなくなっているという時間感覚の変化があります。三月くらいのことを考えてみても、遠い昔のようであるけど、つい、そこにあるかのような……。

高橋：そう、時間感覚が狂うというか、敏感になっているのでしょうか。

辻　：そのことから考えていきましょうか。自分が異常事態の中に立っているなという焦りのような感覚はあるんだけれど、その一方で、現実はとても静かで、穏やかで、何も起こっていないみたいにも思えます。どうも現実のいくつかの層が今までのようにうまく重なっていなくて、ずれているという感じなんだと思うんです。また、この数カ月、「今日は何人だった」というのが挨拶みたいになったでしょう？　それは主に感染者数や死者数だったり、重症者数だったり。感染者と死者の比率が、年齢ごとに何％だとかいう詳しい数字が、テレビでもインターネットでも氾濫していて、そういうのを表すグラフがやたら出てきて、ど素人のぼくたちみんなが、いろんな曲線にまじめに見入っている。

高橋：まるで受験生のように真剣に（笑）。

辻　：みんな統計ですよね。急に統計学が世界の中心にやってきた。近年、疫学も、政治学も経済学も、いつのまにか統計学と接近してきていたのが、今のコロナの時代に花開いている感じです。

高橋：今、専門家と言われている人たちは、ほとんど統計学者ですよ。

辻：同時にぼくらもプチ専門家になって、わかったような顔をして情報を交換し合い、いつのまにか専門家のように考え、話し始めている。でもその一方で、プチ専門家としての自分とプライベートな日常の自分との間に齟齬が生じて、広がっているわけです。たとえば、昨日まで二〇人くらいいた死者が、今日五人だと、「ああ良かった、ひと安心だね」なんて言い合う。その五人はそれぞれの生を実際にそこで閉じているのに、そのそれぞれの死が見えてこないし、感じられない。それは統計学的な頭になっていて、それぞれの人生やその周囲の人々の喜怒哀楽といった現実の層はすっかり遠のいているから。それって、自分自身の生が分裂しているということでもあるんじゃないでしょうか。

そんな状況を、斎藤環さん（精神科医 一九六一〜）は「コロナは世界中の時間を均質化した」という捉え方をしていました。「コロナ時間への強制同期は、私を含む多くの人の時間の複数性を一気に縮減してしまった」と。それを象徴するのが「不要不急」ということばで、「不要不急の行為を自粛する」ことこそが時間性を単純化した最大の原因であり、その結果、人々がいわゆる離人症になっていっている、と言うんです。彼自身もそれにかかってしまったそうです。

高橋：で、その解決策はあるんですか？

辻：ええ、斎藤さんの提案は、不要不急のことをいっぱいやる（笑）。私的現実を構成しているはずの、たくさんの時間の層を取り戻していくというわけです。

高橋：不要不急のむだな時間が、時間の層を担保していたということですね。

辻：この時間の複数性や多層性という考え方も、ぼくたちのテーマである「あいだ」に通じると思う。い

郵 便 は が き

料金受取人払郵便

本郷局承認

3935

差出有効期間
2022年1月31日
まで

（切手を貼らずに
お出しください）

113-8790

473

（受取人）

東京都文京区本郷2-27-16 2F

大月書店 行

注文書

裏面に住所・氏名・電話番号を記入の上、このハガキを小社刊行物の注文に利用ください。指定の書店にすぐにお送りします。指定がない場合はブックサービスで直送いたします。その場合は書籍代税込2500円未満は800円、税込2500円以上は300円の送料を書籍代とともに宅配時にお支払いください。

書 名	ご注文冊数
	冊
	冊
	冊
	冊
	冊

指定書店名（地名・支店名などもご記入下さい）	

ご購読ありがとうございました。今後の出版企画の参考にさせていただきますので、下記アンケートへのご協力をお願いします。

▼※下の欄の太線で囲まれた部分は必ずご記入くださるようお願いします。

●購入された本のタイトル		
フリガナ **お名前**		**年齢** **歳**
電話番号（　　　）　　—	**ご職業**	
ご住所 〒		

●どちらで購入されましたか。

市町村区　　　　　　書店

●ご購入になられたきっかけ、この本をお読みになった感想、また大月書店の出版物に対するご意見・ご要望などをお聞かせください。

●どのようなジャンルやテーマに興味をお持ちですか。

●よくお読みになる雑誌・新聞などをお教えください。

●今後、ご希望の方には、小社の図書目録および随時に新刊案内をお送りします。ご希望の方は、下の□に✓をご記入ください。

□ 大月書店からの出版案内を受け取ることを希望します。

●メールマガジン配信希望の方は、大月書店ホームページよりご登録ください。（登録・配信は無料です）

いただいたご感想は、お名前・ご住所をのぞいて一部紹介させていただく場合があります。他の目的で使用することはございません。このハガキは当社が責任を持って廃棄いたします。ご協力ありがとうございました。

つも言うように、「時間」ということばの中に、すでに「あいだ」が入っているわけですしね。

ぼくたちがいきなり入り込んだ統計学的な世界の主人公は、スーパーコンピューターやAIだから、次々に新しいグラフや画像が発信されるんだけど、困るのは、同じような体裁のフェイクもいっぱい出回るということ。真実かと思っていたら、他にも真実があったりする。偽情報に惑わされないようにと政府や専門家たちは言うわけですが、アメリカやヨーロッパではコロナについての議論の中心に陰謀説があったりします。いかにもほんとうらしく真剣にみなが語り、もう科学と陰謀説の区別がつかない状態。

それで、さっき出てきたイタリアのジョルダーノが六月（二〇二〇年）に新聞にこう書いた。「はっきりさせようじゃないか、科学者だってコロナのことをそれほどよくわかってはいないことを」。

高橋：わかっていない、か。それはいい（笑）。

辻　：人々は、もう外出していいかとか、夏には収まるのかとか、答えを性急に求めているわけです。それに十分答えられない専門家が矢面に立たされて、人々は怒りをぶつけるけれど、専門家だってわからないんだって率直に言おうよ、とジョルダーノは言うわけです。彼は作家で科学者でもあるから。

一一年前でしたかね、イタリアで大地震があって、三〇〇人以上が死にました（ラクイラ地震、二〇〇九年）。その発生六日前に地震学者が会議を開いて、大地震を予兆する根拠はないと報告した。それなのに群発地震が起こったじゃないか、ということで裁判になり、なんと一審では有罪。最高裁までいって結局無罪になったらしいですけど。

高橋：科学もわからなかった。やばいということが（笑）。

辻：だから、ジョルダーノは、むしろ科学の役割を疑えということを私たちに教えるのが科学だ、と言いたかったんだと思う。三月にカナダに行った時に、ぼくの師匠でもあるデヴィッド・スズキ（カナダの生物学者・環境問題活動家 一九三六〜）にインタビューしたんですが、彼の結論は「環境問題の現状は絶望的である」。しかし希望があるとすれば、「それは、わからないということだ」。

高橋：「わからない」は希望なんですね。

辻：その「わからない」ことと、ぼくらが性急に求めている「わかる」とは、どういう関係にあるのか。わからないことと、わかることの「あいだ」とは何なのか。あるいは、「わからない」ということ自体が、「あいだ」にある状態だと考えることもできると思う。もちろん、それはコロナによって急に出てきた状況ではなくて、すでに、そして多分、常にある状況だと思うんですが、近年は特に、わからないことに対して、人々はますますいらだちを深めていたようにも見えます。コロナ禍で統計学的な言語が支配的になる中で、すでに縮減していた「わからない」ことへの忍耐力がさらに急速に縮小していった。だから、どういう政治家や専門家が人気があるかというと、単純に言い切る人。昨日言ったことと、今日言ったことが変わっていてもいいから（笑）、きっぱりとその場その場でわかったように断言する政治家や専門家に人気が集まります。わかりやすさの水位が、もう十分危険水位に達しているみたいです。

高橋：危険水位なのに気づく人が少ないというのも、危険度が増していますね。

辻　：自粛警察が出てきました。あの性急さと、すごいエネルギーはなんでしょう。

高橋：ちょっとやそっとのエネルギーじゃない、驚異でさえありますよね。

辻　：その一方で、中国だとか、ベトナム、韓国、台湾、イスラエル、スウェーデンなど、違う対策方法を試しているところに注目が集まっています。これらの国はみんなわかりやすい。わかりにくいとか、グレーや曖昧なのはダメなんですね。

高橋：日本のトップがブレてるけど、案外そこはいいのかな？（笑）

辻　：あと、自己責任論。わかりやすさの一つは、誰かに責任を取らせるってことでしょう。その点も、ますます性急で不寛容になってきています。それから三番目が監視です。GPSで追跡調査する。それが安全安心につながるということになると、みんなそこにわーっと群がってしまう。

高橋：そういうアプリがあるんですよね。

辻　：中国の例で、梶谷懐・高橋康太『幸福な監視国家・中国』（NHK出版、二〇一九年）という本を読むとわかるんですが、ぼくらが知っているジョージ・オーウェル『一九八四年』（早川書房、一九七二年）のようなイメージは古くて、明らかに違うバージョンアップされた監視社会が浮上しています。

高橋：それも自主的な監視。みんなが監視してほしがっている（笑）。笑いごとじゃないけど。

辻　：監視をつくり出して、相互にも監視し、されていく。そういう状況が生まれていますね。その根本にあるのが「わかる＝安心」なんでしょうね。

自分と他者の「あいだ」——わからなさに耐える

辻　：伊藤亜紗さん（美学者　一九七九〜）や、中島岳志さん（政治学者　一九七五〜）がやっている共同研究は、「利他」をキーワードに、人間のあり方、社会のあり方を再定義する「利他プロジェクト」（未来の人類研究センター）だそうです。

高橋：なんだかぼくらの共同研究に似ていますね（笑）。

辻　：利他と「あいだ」。通じますよね。たとえば、伊藤さんはこういうふうに言っている。「安心」と「信頼」は似ているように見えるけど別物で、実は相反するものだ、と。利他には「いい利他」と「悪い利他」があって、その違いを安心と信頼から説明するんです。つまり、安心というのは、相手との関係性に不確定要素がないことを意味し、これに対して信頼というのは、相手がどう動くか不確定で、自分が大変な目に遭う恐れもあることをわかったうえで、「たぶん、大丈夫」と委ねること。たとえば、お母さんが子どもにGPSを着けて安心するのは、全く信頼してないってことでしょ、と。信頼というのは、子どもがどうするかわからない分、リスクを抱え込むけど、「たぶん、大丈夫」と委ねることだと言うんです。

高橋：信頼にはリスクがあるけど、そこをどうにか許容するってことですね。

辻　：統計学的に事故が起こる確率は千分の一もないだろうという思考も入ってはいるかもしれないけど、

委ねる、あるいは「賭ける」という部分があるのが「いい利他」で、信頼が伴っている。で、ここがおもしろいんだけど、この「いい利他」は自分と相手の境界にすら変化をもたらしていると伊藤さんは考える。

辻：そう、自分と他者、私とあなたの間に動かない壁があるんじゃなくて、むしろいつもその境目は流動的で、確定したものではない。そういう「あいだ」の関係性のことを言っているんだと思うんです。ちなみに伊藤亜紗さんには、『目の見えない人は世界をどう見ているのか』（光文社、二〇一五年）といういい本がありますね。

高橋：「あいだ」ですね。

高橋：ぼくも読みました。おもしろい視点ですよね。

辻：たとえば目の見える人のほうが目隠しをして、目の見えない人に手を取って案内してもらう、という実験をしてみるんです。私たちはいつも見えることに頼っていて、その見えるものを情報として見えない相手に伝える側にいるけれど、目隠しして案内される側になると、相手が経験している世界が「伝わってくる」のが感じられる、というわけです。これは何かというと、確固としてあった主体・客体という関係の境目が溶けて、消えるわけではないんだけど、流動化する。ぼくたちふうに言うと、「あいだ」が更新され、新しい「あいだ」が生まれてくることだと思うんですが、彼女はそこに注目しているんです。ここで問われているのは、コミュニケーションとは何かということ。「伝える」とか「伝わる」とはどういうことなのかです。実は、この同じ共同研究チームに國分《こくぶん》功一郎さん

（哲学者一九七四〜）もいるそうですが、彼の言う、能動態とも受動態とも違う「中動態」の問題ですね。「伝わる」というのは確かに、能動でも受動でもない。中動態も、主体・客体の「あいだ」に関わっていると言えるでしょう。

それは言語の問題ですが、似たようなことが経済にも言えると思うんです。特に現代の経済は交換についての学問ですよね。行為主体双方の合理的な判断、つまり、損得勘定を前提として交換が成り立つ。ここにも主体と客体がまずあって、能動と受動があります。でも、それは一面的なものの見方です。モノやサービスのやりとりは本来、交換として発達したんじゃなくて、いわゆるギフトだとかシェアリングと言われるような互酬的、相補的な関係がまずあった。カール・ポランニーが言ったように、交換という打算的なやりとりは、経済の中のほんの一部分であり、それが圧倒的に優勢になったのは、資本主義が世界に広まって以降です。こんなふうに経済もまた、主体と客体という二元論ではなく、主・客の「あいだ」から見ていく必要があるということだと思います。

ただ「ギフト」にも、与える者、受け取る者という区別がはっきりとする面がある。その点、より広い概念として重要だと思うのが、「シェア」です。特に狩猟採集民の世界には特徴的ですが、誰が誰に分け前を渡したのか、自分が受け取ったこの分け前が、元は誰から来ているのか、ということがはっきりしないモノのやりとりがほとんどなんですね。与える側と受け取る側という非対称的な関係とか、そこから生じるヒエラルキーやアンバランスを意図的に避けているとしか思えないような、曖昧なやりとりの習慣が多い。その結果、受け取ることによって負い目を感じたり、逆に与える側が恩着せがましい態度をとることがなくなるわけです。具体的には、両者の間にA↓B↓C↓Dというふうに、モノがいくつもの波を経て移動していくようにして、Aも誰が最終的な受け取り手なのかよくわからず、Dも最初は誰から来たのかよく知らない、ということになる。また、AとDの間で、何人かの子どもたちが配達人みたいにモノをあちこち運んでいくうちに、どこから来たか、どこへ行ったかが、よくわからなくなる。これも「わからない」ことと「あいだ」の深い関係を示していますよね。

そういえば、アッシジの聖フランチェスコのことばに、「It is in giving that I receive」というのがある。与えるという行為の中に、受け取る、与えられるということがある。与えると受け取るは、私があなたに与え、あなたが私から受け取るといった二元論以前の、より根源的な、主客未分の「あいだ」から生じる、ということだと思います。逆に言えば、主客二元論に囚われることによって、「あいだ」が消されているんじゃないか、と。

さて、「わからない」ということに関して、コロナ禍が始まったころにちょうど帚木蓬生《ははきぎほうせい》さん（作家・精神科医　一九四七〜）の『ネガティブ・ケイパビリティ――答えの出ない事態に耐える力』（朝日選書、二〇一七年）をおもしろく読んで、とてもタイムリーだと思いました。このことばは長いので、NCとぼくは言っているんですが、その定義は、「どうにも答えの出ない、対処しようのない事態に耐える能力」です。そういうとなにか特殊な能力だと思うかもしれないけど、改めて考えてみると、どうにも答えの出ないことって、そんなにめずらしいかっていうと……

高橋：人生の大半のことはほとんど、答えが出ないです（笑）。

辻　：そう、だからこの能力がない人はどうやって人生を生きるのか？　という話なんですよ。これはもともと詩人のジョン・キーツが使ったことばで、そのキーツはこう言っているそうです。詩人に重要なのは、「性急な到達を求めず、不確実さと懐疑とともに存在する」ことである、と。こうも言っている。「詩人はあらゆる存在の中でも最も非私的である。というのも詩人はアイデンティティをもたないからだ。自己というものがないのだ」。これなど、江戸時代、たくさんの名前とアイデンティティをもっていた人たちについての田中優子さんの話（第2章）に通じますね。

NCの反対は、ポジティブ・ケイパビリティ（PC）ですが、それは課題を処理したり、問題に答えを出したりする能力のことで、思えば、現代日本社会はこのPC一辺倒になってしまっている。学校ではNCが発達している子はついていけないですよね。帚木さんは精神科医としてもNCの重要性に注目してきたわけです。精神的な病が、PCばかりが強調される社会の中でますます生み出されていると言えそうです。コロナの時代になって、NCはぼくらのごくごく当たり前の日常の中でこそ、問われている能力だなと気づかされました。その意味で今、コロナ禍の社会で人々がわからないことに耐えられなくなっている状況というのは、このNCという能力が落ちているということですよね。

高橋：たしかに耐えられない人が多いですね。

辻　：つまり、「あいだ」にいることができないってことです。「あいだ」が奪われ、貧しく、寂しい状況になっているから、居場所がない、ということかもしれない。ぼくらの危機はそんなふうに深まっているんじゃないかと思ったんです。これがコロナの流行で浮き上がってきた、「あいだ」をめぐるいろんな問題の一つです。今までの常識が通用しなくなった時に、頼るべき「あいだ」が欠乏しているという危機がいろんな形で現れているんじゃないか。そして人々はますます居場所がないと感じているんじゃないか、と。

数字から本の世界へ

高橋：大変なことが起こると、性急にみんな答えを求め始めます。なぜこうなっているかをすぐ説明してほしくなる。余裕がないから、眼の前にあることば、あるいは数字に飛びつく。パオロ・ジョルダーノの本を読んでびっくりしたのは、ぼくとジョルダーノが同じことをしていたことです。

辻：何をしていたんですか？

高橋：「コロナウイルス　パンデミック：リアルタイムカウンター」という、世界の感染者数をカウントしているサイトを夜中、ずっと見てました。眼の前で数字がどんどん更新されていくんです。感染者数、それに死者の数、それから国別の数字。それぞれ国旗が表示してあって数が更新されていく。あと全体のカウンターもあって、眼の前で数字が次々変わっていくんです。ＢＧＭには荘厳な曲がずっと流れている。

辻：グレゴリオ聖歌みたいな？

高橋：そんな感じですよ。死者や感染者が多い国は別枠に貼ってあって、二四時間ごとに更新されるので、

「更新まであと何分」って出るんです。「あと九時間二三分二四秒で更新されます」なんて……。数が変わっていくのをずっと見ていました、取りつかれたように。あの数の更新に世界の真実があるように、世界の形が見えてくるような気になってくるんです。

辻：まあ、それもひとつの現実の層ですからね。

高橋：パンデミック・リアルタイムカウンターは、全世界を網羅して最新の情報が入っているという画面ですよね。世界中の人たちが注視していて、ニュースを見るより緊迫感があるんです。今もやっていますよ。ぼくがそれを注視していたころ、パオロ・ジョルダーノも同じサイトを見て、そして考え始めていた。ぼくたちは、何かきっかけがないと考えられない。すごい数だなとか、この国は多いな、大変だなって数字を見ながら、ぼくは別の空間でモノを考え始めました。数字とはまったく別の空間が広がっていった。ジョルダーノもそうだったんです。

辻：よく数字から、一人ひとりの思考に戻ってこられましたね。

高橋：戻れない人も多かったと思いますよ。ぼくはふっと我に返って、パソコンを閉じて本を読みだしました。それまであまり本を開いてなかったことにも気づいたんです。何を読んだかというと、感染症に関する過去の本です。ダニエル・デフォー『ロンドン・ペストの恐怖』（小学館、一九九四年）や、『デカメロン』（ボッカチオ 岩波文庫等）をはじめ、世界の感染症に関する本の定番を読んでいたら、みんな同じことを書いているな、と気がつきました。

辻：どこが同じだったんでしょう？

高橋：『デカメロン』は、イタリアでペストが流行した一四世紀に書かれました。フィレンツェの若い男女が郊外に避難して、退屈しのぎに話をする。この物語の冒頭部分は実はドキュメンタリーで、どのように広く感染があったかという記録なんです。最初に、「読みたくない人は、この部分は読まないでください」と書いてある。耐えられないかもしれないから、と。その後に、若い一〇人が環境のいい、ペストに侵されてない場所に行って物語が進みます。

いったいなぜボッカチオは、中世最大のパンデミックの直後に若者たちが脳天気に物語をする空間をつくったのか、その理由は書いてありません。でも、ボッカチオには物語りたいという強い欲望があった。つまり、ペストの流行に対し抗するものは何かといったら、物語だった。ボッカチオはそう思ったんじゃないでしょうか。

辻：疫病に抗する物語ですか。

高橋：デフォーの『ロンドン・ペストの恐怖』はドキュメンタリーだと思ったら、実はペストの流行から五〇年くらい経ってから、多くの記録をもとに書かれたものです。今回の新型コロナウイルスの流行に際して、最も売れた小説といわれているのが、カミュの『ペスト』ですね。

辻：世界的に読まれたんですね。

高橋：ええ、コロナの感染が拡大してゆく二月から世界中の人が『ペスト』を読みたがりました。突然、七〇年も前の小説が、ベストセラーリストに入ったのです。ぼくも今回、読みなおしてみました。そして、これは読みたくなるよな、と感じたのです。今あげた三冊の共通点は何か。デフォーの『ロンドン・ペストの恐怖』は、当時の記録をもとに書かれたもので、正確な記述になっています。公式には当時のロンドンの人口の六分の一以上が亡くなったと言われています。人口が五〇万人なので、およそ一〇万人ということでしょうか。いろいろな立場でのペストとの闘いが描かれています。中でも印象的なのは、ロンドン市の役人や政治家たちの奮闘です。そして最後には、ペストは来た時と同じように急に去っていくんです。これはカミュの『ペスト』でも同じです。ペストってそういう性質があるらしい。それで、どの本にもエピローグが付いていて、同じことが書かれている。それは何かというと、ペストが去ったその瞬間から、人々は自分がペストの危機に遭った時に思ったことをすべて忘れた、ということです。

辻：ほぉ〜、すべて忘れたんだ。

高橋：この危機が去ったら、自分は真人間になろうとか、もっとキチンと生活しようとか、こういうことがだめだったんだ、とみんな、そのときは考える。けれども、流行が終わった瞬間に、その反省のすべてを忘れた、と書いてあるのです。

この後に、スペイン風邪の大流行を書いたA・W・クロスビー『史上最悪のインフルエンザ』（みすず書房、二〇〇四年）という膨大な記録を読みました。おもしろいのは、いちばん最後の章のタイトルが「人の記憶というもの——その奇妙さについて」となっていることです。ここでも、最後の結論は「人はなぜ忘れるのか」でした。感染症について書かれた傑作と言われている本には、共通して最後に記憶と記憶喪失について書いてあったということです。これはどういうことなんだろうと思いました。

辻　：記憶はなくなる。それで、記録をする、と？

高橋：そう、必要なのは、記憶と記録なんです。だからあえて記録を残していく。その理由が最後に明かされているってことです。それは、人は忘れるからだと。

当然この記録はことばによって行われる。だから、どの本も、最後にことばの問題を提出して終わっています。たとえば、山本太郎さん（医師・感染症学　一九六四〜）の『感染症と文明――共生への道』（岩波書店、二〇一一年）などを読んでいると、デフォーやカミュ、あるいは『デカメロン』もそうだけれど、感染症について書かれたドキュメンタリーや物語の背景がすごくうまく説明されている。直接、文学の話は出てこないのですけれどね。そのことについては、また別の機会に話したいと思っています。

ところで、先ほど書名をあげた『史上最悪のインフルエンザ』には、文学者だけをとりあげた部分があります。それには、ちょっと驚きました。それが文芸批評家では考えられないような視点なんです。スペイン風邪の流行は、第一次世界大戦と完全に重なっています。一九一二年〜一五年ですから。そこで問題提起というのは、第一次世界大戦とスペイン風邪の死者の比較で、スペイン風邪で亡くなった数は正確な数がわからないんですが、三〇〇〇万〜四〇〇〇万、あるいは一億以上という説もあります。一方、戦争での死者は、直接・間接を含めて一〇〇〇万そこそこで、スペイン風邪による死者のほうがはるかに多いんです。それなのに、第一次世界大戦の記録はすごく多いけれど、スペイン風邪のほうの記録はほとんどありません。

実際にスペイン風邪にかかったり、死んだ作家もいるんです。ヘミングウェイの『武器よさらば』

に出てくる看護師はスペイン風邪で死んでいて、しかもヘミングウェイの彼女なんですね。そういう作家でも、スペイン風邪のことは一行も書いていない。なぜかと考えてみると、戦争の死は非日常だけれど、感染症の死は日常だからではないか。

辻：ああ、死に方が違う、と。

高橋：死に軽重をつけたんですね。感染症で死ぬのはかっこいいとは言えないですからね。スペイン風邪の記録が残っていないのは、それは忘れていいことで、たいしたことではないと思いたかったからなのかもしれないし、感染症について書くのは逆に難しかったのかもしれません。だから、『デカメロン』とか、カミュの『ペスト』やデフォーの『ロンドン・ペストの恐怖』は、わざわざ記憶の喪失の話を書いたのかもしれません。

　それからもう一つ、山本太郎さんの本と、カミュの『ペスト』を読み返して気づいたことがあります。感染症というのは通常の病気ではなくて文明の病、つまりことばに関する病じゃないか、と。

辻：ことばに関する病？

高橋：カミュの『ペスト』ですが、実際に彼がモチーフにしたのは第二次世界大戦で、書かれたのは一九四七年です。第二次世界大戦のことをテーマに書いたけれど、カミュの観点は他の誰とも違っています。戦争一般が悲惨というようには書いていない。どうしてかというと、それは彼の特異な体験と関係があった。彼はナチに抵抗したフランスのレジスタンス運動に参加していたからです。レジスタンス運動には複雑な政治的バックボーンがあって、右派の保守派ドゴール派から共産党やさらに過激な左派まで入っていた。その中で、カミュの立ち位置は、政治的には中庸、リベラルで、左右から攻撃されています。実はそのことが『ペスト』に反映されているんです。

辻：ほお。カミュはレジスタンスで中間的な存在だったんですね。

高橋：『ペスト』は戦争という極限状況に陥った人々の話ということになっているんですが、この戦争は具体的にはレジスタンス下のフランスでの戦争なんです。ドイツとの戦争でもあるけれど、同時に、その中にはレジスタンス内部の抑圧やもめごとが含まれています。そして、それは、基本的にはことばによって行われた。「お前は右派だ」とか「お前は左派だ」という罵声ですね。

辻：あと、カミュはアルジェリア、つまり植民地に生まれ育ったわけですよね。本国人からの差別的な視線もある。そう考えると、たしかに、彼の立ち位置はとても複雑で、錯綜している。

高橋：では、なぜわざわざ、カミュはテーマを「ペスト」にしたのか。それが「戦争」の象徴なら、津波でも干ばつでも、人々を襲う巨大な災害でもよかったかもしれません。でも「ペスト」でなければならなかったのは、そこに言語に関する病という性質を入れる必要があったからだと思います。そのことは、主人公のリウーの相手をしている、もう一人の主人公であるタルーが告白している部分に書かれています。

——誰でもめいめい自分のうちにペストをもっているんだ。なぜかといえば誰一人、まったくこの世に誰一人、その病毒を免れているものはいないからだ。そうして、引っきりなしに自分で警戒していなければ、ちょっとうっかりした瞬間に、ほかのものの顔に息を吹きかけて、病毒をくっつけちまうことになる。自然なものというのは、病菌なのだ。（カミュ『ペスト』宮崎嶺雄訳、新潮文庫、376頁）

ここが実は『ペスト』という小説のいちばんすごいところだと思います。「ペスト」とは何かと定義している。これは驚くべき定義で、「我々は実はみんなペストにかかっている」というわけです。それはどういうことなのか。ぼくたちが話したことばはみんな人々に感染していき、ことばからの感染を免れているものはほとんど誰もいないということなんです。つまりペストの本質は、ことばの暴力性と同じだ、ということです。ペストと同じように、ことばもまた感染し、人を殺してゆくのだと。そのことを公然と言った人は誰もいない。イデオロギーもそうだし、今なら、ネット上の炎上もそうですね。

辻：誹謗、中傷、そしてパニックもそうですね。

高橋：そう、我々の内にあることばは必ず人を感染させていく。それ以外のことばはもちえないんです。だから、そうならないように注意しなければいけない。ただしこれは、ほんとうに困難なことなのだと書いてあります。

辻：ことばの感染か、それはすごい視点だ。

高橋：これが実は、カミュのペスト論、感染症論なんですね。

感染症は「あいだ」からやってくる

辻　：とてもおもしろい話だったんですが、「あいだ」はどういうふうに関わってくる、と？

高橋：感染症がどこからやってくるかというと、文明と文明の「あいだ」なんです。文明が発生するまでは、感染症はなかった。複数の文明が発生して、そこに交通、「あいだ」が生まれた時、初めて感染症が生きられる場所ができた。それまでは、それぞれの場所で生きていたローカルな病原菌たちは、その小さなエリア内では感染していたけれど、それは感染症ではなくて、風土病みたいなものだった。複数の文明が生まれ、その「あいだ」を通り抜けて、単なる風土病は感染症になっていった。「ディスタンス」が感染症を産んだわけですね。

辻　：ディスタンス！　これも日本中に氾濫したことばです。

高橋：「あいだ」が生まれた時に感染症が初めて存在した。戦争や貿易と同じです。感染症は交通がないと生きていけない存在です。ことばや貨幣も同じですね。人間というものはそもそも社会的な存在です。文明を創った時、個人と個人、社会と社会、文明と文明の「あいだ」に流通する、コミュニケーションのツールを必要としています。そこに感染症もいっしょに参加するわけです。ことばと貨幣は同じように流通する似通った存在だと思っても、ことばとウイルスもいっしょだとは誰も思わないでしょう。誹謗や中傷、炎上、最近そういうものが増えて困るね、というのではなく、そもそもことばはウイルスと同じ本質をもっているのだと考える。カミュはそのことを書くためにあの長大な小説を書いたとも言えます。

ぼくも、最初はウイルスも感染症も「外部」のものだと思っていました。自分とは無関係な存在、人間社会の外部にあって、どこからかやってくる侵略者だと。でも、感染症の本質はそうではない。そもそも人間社会内部の、必須のコミュニケーションから、つまり人間と人間の「あいだ」から、やってくるのです。新世界から旧世界へ、あるいは逆に、旧世界から新世界へ。侵略が起こった時にはウイルスもいっしょに渡っています。インカ帝国が滅びたのはスペイン人がウイルスをもってきたことも原因でした。それは偶然ではなく、そもそも人間社会というものは、感染症的なものを伴って移動するんです。それはことばであり、貨幣でもある。お金を稼げるようになると、もっともっとほしくなるって、一種の感染症みたいですよね（笑）。資本主義も周縁を拡大していき、すでに資本主義化した部分と、そうでない部分の境界、「あいだ」がなくなってしまえば、終わってしまうのかもしれません。

辻：自己矛盾ですよね。ガン細胞じゃないけど、どんどん増殖して拡がっていけばいつかは外部がなくなる。だから、自ら死に向かっていくともいえます。

高橋：そうです。ある種の死に向かって進んでゆく。では、どうしたらよいか。デフォーも書いているんですが、作家たちは人々のためにこのことを記録して残すしかない。人々は感染症的なもの、ウイルス的なものを記憶からなくそうとします。なぜなら、そういう危険なものに取り囲まれている状況を記憶のうちに留めておきたくないという本能があるからでしょうね。でもそれを記憶、もしくは記録に残さない限り、ぼくたちは同じようなことを繰り返し、何度でもこの「感染症」に襲われます。だから、ことばに残す、文学として残す、ドキュメントとして残すという仕事には意味があるんです。

辻　：作家として実感のある話ですね。

高橋：そう考えたとき、まったく違った印象に見えてきた作品がほかにもありました。トーマス・マン（ドイツの小説家一八七五—一九五五）の『ヴェニスに死す』です。一見、老作家アッシェンバッハがヴェニスに行き、美少年に恋をして死ぬ話と思うでしょう。実はあの時、ヴェニスではコレラが蔓延していた。正確に言うと流行が始まっていたんです。アッシェンバッハが美少年を追いかけていくのと同時に、街から人がだんだん減っていく描写があるんです。ヴェニスの人たちはそのことをみんな知っているけれど、観光客に言うと帰っちゃうから黙っている。

辻　：ひどい。

高橋：ドイツの新聞にコレラの話が載って、イギリス人が読んで「やばい」と気づいて帰っていき、だんだんヴェニスから観光客がいなくなってゆく。最後のほうで、あるイギリス人観光客が、主人公に「明日とはいわず今日お発ちになったほうがよろしかろうと存じます」と忠告します。でも、考えた末にアッシェンバッハは残ることを選ぶ。そこは、今ならぼくにはこう読めるんです。自分が去ったら、この大災害を記録する人間が誰もいなくなる。誰かがこの感染症の流行を書き残す必要がある、というふうにね。

感染症が始まり、人々が恐慌に襲われた時に初めてことばの本質も、そして、それゆえに人間の本質も見えてくる。ぼくたちは、ことばをコミュニケーションの単なる道具だと思っているけれど、人々を傷つけるという本質があることを思いだす必要があるんです。

辻：ことばと感染症がつながってきました。

高橋：感染症の流行のなかでは、流言飛語とか、まちがった情報も出てきますね。そういう具体的なものの他に、「あいだ」にあるコミュニケーションのツールはなんでも、資本でも、貨幣でも、ことば、感染症、それらはどれも、恐ろしい力を秘めて人々を傷つける本質をもっているということです。そもそも「あいだ」が開いているものを力づくで引き寄せるのには、無理がある。

辻：ことば自体がもつ暴力性という側面ですか。

高橋：はい。そのことを感染症が気づかせてくれるんです。だから、カミュを読んだ後には、ちょっと社会が違って見えます。ぼくが怖いのは、やっぱりウイルスよりことばかな（笑）。ま、同じくらい怖いと言ってまちがいないと思います。カミュは、レジスタンス下で味わった内部闘争にさんざん悩まされたので、何が真理であるかということを言わなくなりました。絶対的正義、あるいは、それを信奉することばへの不信感があったからです。

けれども、作家という生きものは、それでも書かなければならない。ことばにしなければ、何も生まれないのです。たとえ、そのことばが信用できないとしても、それしか、表現し、伝えることのできる手段はないのですから。だから、カミュもデフォーも、『デカメロン』にしても、直接は書いてはいなくても、なぜ記録しなければいけないのか、そしてことばというものは非常に危険なものだと、付記に書いたんです。

コロナウイルスと「オドラデク」

辻：偶然なんだけど、三月にジュディス・バトラー（アメリカのフェミニズム理論、セクシュアリティ研究者 一九五六〜）を読んでいたら、例のあれが出てきてたんです、「オドラデク」。

高橋：カフカですね。

辻：カフカの短編小説『父の気がかり』に出てくる奇妙な生き物、オドラデク。二頁もない短い作品。昔、海外で学生していた時に、授業で読んだことを思いだしました。

高橋：階段の下に住んでいるんですよね。

辻：そう。ネットで「オドラデクと新型コロナウイルス」というタイトルで書いてる人を見つけました。

高橋：へぇー（笑）。

辻：大学の教員らしく、Dr. Keiと名乗る人のブログなんですが、自分で訳した「オドラデク」を全文載せてから、これについてずっと考えてきたけどいまだによくわからない。続けて、ウイルスが引き起こす病気と同じくらい「群衆パニック」が怖い。大事なのはまず落ち着くこと、そのために文学や芸術が役に立つ、といったことを書いていています。

さて、その「オドラデク」ですが、こんな感じです。

——ちょっとみると平べたい星形の糸巻きのようなやつだ。実際、糸が巻きついているようである。もっとも、古い糸くずで、色も種類もちがうのを、めったやたらにつなぎ合わせたらしい。いま糸巻きといったが、ただの糸巻きではなく、星状の真中から小さな棒が突き出ている。これと直角に棒がもう一本ついていて、オドラデクはこの棒と星形のとんがりの一つを二本足にしてつっ立っている。（『カフカ短篇集』「父の気がかり」池内紀編訳、岩波文庫、103～104頁）

形は一応あって、平べったくて星のようでもあり、糸巻きみたいでもあり、立っているようでもあり、破損しているようでもある。でも破損部分は見られない。全体としてはたしかに無意味に見えるんだけど、なんかまとまっていて、異常なほどよく動き……

高橋：動く！

辻　：捕まえることができない。それで、「なんて名前かね」と聞くと、「オドラデク」。「どこに住んでるの」と聞くと、「わからない」と笑う。その笑い声が、肺のない人のような声だ、と（笑）。

高橋：どんなんだよ（笑）。

辻　：落ち葉がかさこそ鳴るような感じだっていうんですね。たしかに、どこか感染症のようでもあり、考えようによっては、戦争とか、災害とかにも共通するもののように思ったんです。

高橋：オドラデクがまさにいい例なんですが、ぼくたちは何でも性急に定義しようとしますよね。定義しないと考えられないし、互いに定義が違うと人と話もできないから、とりあえずこれにしておこうって。だから、どのことばも暫定的な定義のはずなんですよ、すべて。後でデヴィッド・グレーバーの話をする時にもこの話になると思うんですが、基本的に暫定的な定義のはずなのに、ある名前をつけられた瞬間からそういうものだと思われてしまう。今、みんながそう思っているんだから、そうだということにしようと、一〇〇人のうち九九人が思っていれば正しいことになってしまう。それが、ことばの定義ですよね。これはある意味とても危険なことなんです。そういう定義から明らかにずれていくもの、それがオドラデク。そしてウイルスです。どちらも、そもそも生き物かどうかさえはっきりしていない。

辻　：そう、ウイルスがそもそも生きていないのなら、死ぬのかという問題も出てくる。生きているものはみな、死ぬまでになすべきある種の目標をもって、ある種の活動をする。そして、そういう目標や活動に身をすり減らしているけど、オドラデクはそうじゃない。この短編の最後は、「自分が死んだあともあいつが生きていると思うと、胸がしめつけられるここちがする」と結ばれています。

高橋：（笑）なかなかすごい作品ですよね。ぼくたちが知っているほとんどのものと、在り方が違うのがオドラデク。それに対してぼくらはうっすら恐怖を感じる。一九一〇年代に書かれたはずだから、もしかしてスペイン風邪の頃じゃないですかね。

辻　：でも、スペイン風邪の頃は、ウイルスの仕業ってわかってないですよね。

高橋：わかってないですよね。だからオドラデクとして登場した？

辻　：そういう意味でもすごい。やっぱりスペイン風邪のことですね、これは（笑）。

「あいだ」に線を引かない――奥田知志

辻　：さて、新型コロナウイルスで「命の格差」の問題がクローズアップされましたね。このことに関連して話したいのですが、二〇二〇年三月三〇日に、相模原市の「津久井やまゆり園」の入所者と職員の殺傷事件を起こした植松聖《さとし》青年の死刑判決が確定しました。でも、コロナの陰に隠れたせいか、メディアの反応が低調でしたね。話題になりきらないという印象です。今年の七月二六日で事件から四年がたちましたが、その直前にまた事件が起きましたね。ALS患者への「嘱託殺人」事件（二〇二〇年七月一日、二人の医師がALS＝筋萎縮性側索硬化症患者を死亡させ起訴された）。この「嘱託殺人」ということば、変じゃないですか。ぼくはいやな感じを受けました。五月末にはアメリカのミネアポリスで、黒人が白人の警察官に首を押さえられて死んだ事件があって、その後、ブラック・ライブズ・マターという大きな運動が起こった。ぼくはコロナ禍の最初のうちは、ウイルスが貧富や国境、民族を問わず、あらゆる違いや格差を飛び越えて一挙に広がっていくことに目を見張っていた。でも、現実には、人間世界ですでに巨大化していた格差が、みごとにウイルスの感染率や死亡率の違いと相関していることがどんどん明白になっていきました。そこへさらに、命の選別問題も出てきたわけです。イタリアでは実際に、こちらの人が長く生きられそうだから助ける、そちらのほうは放っておく、という判断を医療現場で行いましたね。

高橋：トリアージですね。患者の重症度に基づいて、治療の優先度を決定して選別をする。

辻：アメリカにはもう長く、金持ちは治療を受けられるけど貧乏人は治療を受けられない、という状態が当たり前のように存在してきました。ぼくがワシントンDCに住んでいた時だから、もう四〇年以上前、近くの病院の門前で、治療を拒否された黒人が死ぬという事件があったのを覚えています。それが今回のコロナで、これほどはっきりと白人と有色人種とで感染率や致死率の違いが出てくるとは、ちょっと想像を超えていました。

そういう状況の中で、相模原事件のことをもう一度話したいなと思っていたんです。死刑判決が出た直後の奥田知志さん（牧師・認定NPO法人抱樸理事長　一九六三〜）のインタビューをYouTubeで見ました。奥田さんは「植松君」と、「君」をつけて呼ぶんです。「基本的には同じ命ですから」。でもそれだけじゃない。自分が彼とまったく別の人間で、自分とは違うとラインを引ける自信がないからだと。もしかしたら自分だってホームレスになって、さらに追いつめられたら何をしでかすかわからない。絶対しないと言えるのか。それで、「まあ変な話、愛おしい」と、ちょっと照れたように言うんです。

つまり、自分と他者の「あいだ」にそんなにすっと線を引けないと、奥田さんは言っているんですね。すっきりわかるということは、自分と他者を区別し、「あいだ」に線を引けること。それは「あいだ」を壊してしまうことでもある。だから、線を引く「自信がない」と言った奥田さんは、一貫して彼との「あいだ」をなくさずに、「あいだ性」みたいなものを土台にしてしゃべっているのだと思いました。思えば、それでこそ、コミュニケーションと言い得るものは可能になる。ジュディス・バトラーの「一番根源的なところにある私の他者性」ということばが思い浮かびました。「責任」ということばにあたる英語の「レスポンシビリティ」はもともと「応答可能性」という意味ですが、深いレベルでの自分と他者、私とあなたの「あいだ」の根源的なつながりこそがコミュニケーションの根拠だ、と。奥田さんのことばは、そういう捉え方から出てきているな、と感じさせるんです。

次に奥田さんの話で重要なのは、植松君のことばがオリジナルではないという点です。彼は一貫して、「意味のある命」と「意味のない命」があって、意味のない命は生きていてもしょうがないと主張しています。このことに全く新しさはなく、だからと言ってはなんですが、ある意味とてもわかりやすく、この「わかりやすさ」は、感染しやすい。

高橋：はい、それに惹かれてしまう人が少なくなくて、SNSなど自分が表に出ないような場所で、「あいつのやったことは悪いけど、言っていることはわかる」という感覚が広がっていった。

辻　：それで奥田さんは、「彼が時代の子というのはそのとおりだけど、私は自分もそうだと思います」と言います。そこは同じだけれど、どこかであった分岐点をぼくらはもっと一生懸命探さなきゃいけないんじゃないかというわけです。植松君は明らかにまちがっているけれど、どこでどうやってまちがってしまったのか、ということですね。

奥田さんは公判前に植松君と面会して、最後にこう聞いたそうです。「じゃあ、あなたは、あの事件の前は、役に立つ人間だったんですか?」って。植松君がそう聞かれたことはなかったんじゃないかな。あなたは役に立つ命と役に立たない命とを区別しているけど、じゃあ、あなたはどっちなのって。そうしたら、ちょっとした沈黙があったそうです。うーんと考えて、「ぼくはあまり役に立たない人間だった」と言ったそうです。これにぼくは心を揺さぶられたんです。そういう予測を超えるような問いで、自分自身が問われた気がした。そしてそれがとても新鮮でもあり、ショックでもあった。

誰だって一歩まちがえば意味のない命になってしまうという分断線の上を綱渡りのように歩いているんだけど、自分には生産性があるかないか、生きるに値するかどうか、という問いが露わにしてしまう崖っぷちに怯えながら、それを意識の上では見ないようにしているだけかもしれない。だから奥田さんは、植松君に、こういう社会で怯えながら生きていく自分自身の姿を突きつけられているというふうに感じた。植松君自身はその問いから逃げている。でも、我々は逃げちゃだめだと、奥田さんは言っているわけです。

高橋：「わかる」ところに安易に身を置くのは、たしかに逃げてしまうということですね。

辻　：植松君は「心失者」(意思疎通ができない人)ということばをつくった。彼の概念なんですね、これ。裁判でも普通に使っている。犠牲者の多くの親たちは、「いや、うちの子は意思疎通ができていた」と答えています。私たちは十分意思疎通ができて、自分の娘(息子)のおかげで幸せになっていたんですよ、とね。でも、奥田さんはそれを言うだけじゃ足りないというわけです。

高橋：足りないって、何がですか?

辻　：一人のお母さんがこう言ったそうです。「私は娘によって幸せな人生を送ってきた。でも、つらいこともたくさんあった」。ここがとても大事だと奥田さんは言います。つまり植松君は、つらいことや苦しいこととイコール不幸だと単純化しているわけですね。でもそれは違う。人間がいっしょに生きていくには、いざこざも、わずらわしいこともいっぱい起こるのは当然なわけです。裏切られたり、期待に応えられなかったり、つらいことだっていっぱい起こる。このことを、奥田さんは「絆は傷を含んでいる」という。これ、ダジャレなのかな（笑）。

高橋：キズナに、キズ。たしかに（笑）。

辻　：植松君が「意思疎通できないイコール不幸」というふうに単純化するのに、「意思疎通できなくても幸福だ」と言うのでは、どちらも単純化しすぎという点では、同じ土俵だ。だからその「あいだ」が大事だ、と。奥田さんはさらにこう言っています。植松君を生み出した社会全体の価値観に対して、我々はまったく違う価値観をもつ対抗的な文化、カウンターカルチャーをつくることができるのか、そこに未来がかかっている。国家の最大の役割は富の再分配であるけれど、地域社会や我々は何を再分配するのかと言えば、絆の中に含まれる傷、つまり大変さやつらさをどう再分配していくかだろう、と。

高橋：なるほど、傷やつらさの再分配ですね。

辻　：ちなみに、資本主義にとって国家イコール再分配というのは、資本主義の矛盾を表しているわけです。富を最大化していく方向なのに、同時に国家としては再分配しなくてはならない。だから資本主義国家は根本的な制約を抱え込んでいるとも言えます。つまり資本は、どんどん富と格差を拡大していくことのほうに本質があるんだけど、国家は再分配として、福祉政策などで弱者を救済していかなければ安定しないし、存続が難しくなる。でも、今は新自由主義とグローバリゼーションの時代で、これは資本主義末期、最後のステージなんだと思う。そして、資本主義が国家に対して、そんな再分配はやめてしまえ、行けるところまで自己責任で行くんだ、と叱咤している。

高橋：国家の規制を超えてしまうってことですよね。

辻：大変さやつらさの再分配というのはおもしろい表現だけど、要するに「シェア」のことですよね。奥田さんは、地域社会から、草の根から、下から、全く違う価値観の「シェア」の経済を積み上げて広げていかなくちゃいけないと言っているんだと、ぼくは受け取りました。

高橋：実は奥田さんと二日前にお会いしたばかりなんです。

辻：え、そうなんですね。

高橋：彼がやっているNPO法人「抱樸《ほうぼく》」の由来を聞いて感心しました。抱樸の「樸」は原木。原木を抱きしめる、という意味です。原木はまだ何も加工されていないから、抱きしめると、ささくれがあったりしてこちらも傷ついてしまう。もともとは老子のことばだそうです。これはコミュニケーションのことを言っていると思うのですが、何かに向かってほんとうにコミュニケートしようとすると、こちらも傷ついてしまう。けれども、そもそも傷つくということがコミュニケーションではないのか。そういう問いが、抱樸ということばに込められているんですね。すごく示唆的ですね。

辻：絆に傷が含まれる。深いですね。単なるダジャレじゃない。

高橋：奥田さんは牧師ですから、教会にはホームレスもたくさん来ます。臭いし、酔っぱらっていたり、困ることも多い。だから、受け入れるのは面倒で、やっかいだし、困難込みで受け入れるしかないんです。つまり、それが傷つきながら抱きしめるということです。抱きしめるのはとてもリスキーなことなんです。

では、今の社会がどうなっているかというと、その逆ですよね。できるだけリスクを負わず、傷つかないためには、抱きしめないのが手っとりばやい。そうなっていると思いませんか？　これって傷つかないだけじゃなく、コミュニケーションもとりたくないってことですよね。ぼくたちはずっと「あいだ」の話をしているわけだけど、「あいだ」って、いい意味でも悪い意味でも距離になってしまう。人と傷つかない距離も「あいだ」だし、ある一定のことばを発するために必要な距離もある。すごく多義的なことばだと思うんです。

辻：コロナ時代で言えば、まさに人と人との距離が「ディスタンス」で、こんなに距離を意識したことはなかったほどです。これは物理的な距離ですけれど。「間を置く」とか、「間をとる」とか、たしかに、「あいだ」とはディスタンスのことで、そこには物理的、心理的、社会的、文化的、といったいろんな層が折り重なっている。今使われている「ソーシャル・ディスタンス」ということばは完全に誤用で、正しくは「フィジカル・ディスタンス（身体間の物理的距離）」なんだけど。

「幻聴」を「幻聴さん」へと変えていく——向谷地生良

辻　：相模原事件に関して、「べてるの家」の向谷地生良《むかいやちいくよし》さん（ソーシャルワーカー・社会福祉法人浦河べてるの家理事　一九五五〜）に、作家の雨宮処凛《かりん》さんが去年（二〇一九年）の秋にインタビューしていたものも読みました（『この国の不寛容の果てに』大月書店）。向谷地さんも、植松被告が話していることはほとんどが、出来合いのパーツを並べている単なるつなぎ合わせ、それがいちばん大きな印象だと話しています。障害者が無用な存在だというのは過去から現在まで流布された言説が彼の中に蓄積されているだけだ、と。障害者の安楽死というのも、ナチスドイツの政策の一つですよね。これは「T4作戦」（一九三九—一九四一年）と呼ばれて、密かに国内の障害のある人たちを抹殺していた。つまり障害者もユダヤ人も同様に、役に立たないだけじゃなくて社会に害を及ぼす存在だとした。実は、ドイツにベーテルという小さな町があって、T4作戦に抵抗し続けたことで有名なんです。そこは主にてんかん患者と障害者が集まった町なんです。ぼくも一度訪ねました。

高橋：それで「べてるの家」と名づけたんですね。

辻　：ちなみに、植松君はT4作戦のことは知らなかったそうですよ。てっきりヒトラーの受け売りだと思ったんですけど。ぼくらはすぐに、ヒトラーを真似したんだなという反応をするけれど、ほんとうはもっと根が深いのかもしれない。雨宮さんが、「あの事件を知った時どう感じましたか？」と聞くと、向谷地さんは「本当にあっけにとられたというか、唖然としましたけど、どこかでは、ああ、やっぱりなという感覚もありました」と答えています。

続けて向谷地さんは、あの事件が起こった年の三月に記憶に残ったニュースがあったと言う。マイクロソフトが開発したＡＩの実験で、インターネットにＡＩを接続したら勝手に学習して、ユダヤ人のホロコーストを否定したり、ヒトラーを礼賛するような発言をするようになったので開発が急遽中止された、と。

高橋：あれはすごいですね。ＡＩが勝手に学習したんですよね。

辻　：なので向谷地さんは、相模原事件が起きたとき、何かざわっとするものがあったと言うんです。もしかしたらあの青年も……と。ＡＩが、ネット空間の中で飛び交っている攻撃的、あるいは差別的なことばを吸い込んでヒトラーを礼賛するようになったように、彼ももしかしたら、知らず知らずのうちにそれらを拾って集めてしまったのかもしれないって。これは他人ごとじゃないですね。だってぼくらみんな、多かれ少なかれインターネットに接続されっぱなしで、日々学習しているわけですから。

こうなると、ぼくたちがいう思想とか言語っていったい何なのかとも疑いはじめますよね。ＡＩに関して社会はすごく許容的で、「コロナ時代には、ますますＡＩが必要だ」なんて言っているけど、どうなんでしょう。ちょっと前には、新しい技術に対する懐疑的な態度は、それなりにあったと思うわけだけど、それがどんどん解除されていく感じがしています。テクノロジーそのものは良くも悪くもない、使い方次第だ、みたいなことをみんな口を揃えて言うけど、それは実質的なテクノロジー礼賛になっている。

高橋：科学や技術には歴史的に幻想をもっていますからね。

辻　：たしかに難しい問題で、問われているのはＡＩを前にして「考えるとは何か」「思うとは何か」という問いなんだけど、よくわからないから、みんなそこを避けて、むしろ思考停止を選んでいるんじゃないかって気がします。でもね、向谷地さんがその後に言ったことがおもしろいんですよ。どうしてＡＩのニュースをよく覚えているかというと、ある医療人類学の研究のことを知ったばかりだったからだ、と。統合失調症の人たちが抱えている幻聴とか幻覚が、地域の文化差を反映していることを示した研究です。これは、ターニャ・ラーマンという、医療人類学のチームを率いているアメリカ人学者によるものです。統合失調症の人々が聞く幻聴が、彼らが属している社会や文化の影響下に構成されているというのは、人類学的には、ある意味、当たり前なんだけど、医療の世界でそう考える人はあまりいなかった。医療の世界では、統合失調症は普遍的なもので、文化的差異は基本的にはほとんどないとされていたという。でもこの研究は異文化間の比較研究によって注目された。彼女のチームが選んだのが、ガーナとインド、それからアメリカ。年齢、居住環境、社会的地位などにあまり違いが出ないように、ある程度似た条件下で調べたら、大きな違いが出ました。「死ね」とか「殺せ」とか、敵対的でアグレッシブな幻聴のほとんどがアメリカなんですよ。

高橋：やはり社会を反映しているんですね。

辻　：日本もアメリカとだいたい同じなんです。しかし、インドやガーナではそういうのはほとんどなくて、褒めことばとか肯定的な幻聴も多い（笑）。インドとガーナではおもしろい違いもあるんですが、少なくとも、このことでは共通している。ちなみに、ごぞんじと思うけど、べてるの家では幻聴のことを「幻聴さん」って呼んでいます。

高橋：「幻聴さん」、知っています。いいですよね、「幻聴」に「さん」がついてる（笑）。

辻　：奥田さんが「植松君」と呼ぶのとどこか似ているでしょう？　つまり、存在の認知なんです。緒方正人ふうに言うと「存在の認定」（第3章を参照）。あるがままにその存在を受け止め、ある種のリスペクトをもって認めるということですね。幻聴は病気の副産物のようなもので、医療者はそれ自体に興味をもたないし、踏み込まないのが常識になっていたけど、この研究で幻聴が社会の言説を反映していることがわかると、その幻聴に当事者がどう向き合うかによって病気の状態が変わってくると考えられる。それが大事だと向谷地さんは言うんです。たしかにこれは視点の大きな転換だな、と思いました。幻聴を「幻聴さん」と呼ぶこと一つで、当事者の向き合い方が変わり、だから病気の質も変わる。

高橋：そのことはいろいろな話につながる可能性がありますね。

辻　：アメリカでは、幻聴とは自分のプライベートな世界に侵入してくる「個の侵害」だという捉え方が一般的らしいんです。私だけの神聖な場所にズカズカ入ってくるもの。日本も今はそうだし、おそらく先進国ではそうなんでしょうね。幻聴は一方的にやってくるから、こちちからは何のコントロールもできないという無力感を感じる。それに対して、インドやガーナでは、幻聴によって当事者がそれほど苦しめられていないようなんです。幻聴がある意味で理解可能な範囲の経験として受け止められ、不条理ではない。ラーマンによれば、それは幻聴と自分の「あいだ」に相互の関係性があるからだ、と。幻聴という出来事は関係的（リレーショナル）な世界で起きていると感じられるというんです。

高橋：「あいだ」が出ましたね。幻聴と自分の「あいだ」に関係性がある。

辻　：そこで向谷地さんはすごく納得したわけです。それはまさに自分たちがやってきたことだって。べてるの家では、「死ね！」と暴力的で一方的にやってくる幻聴を、「幻聴さん」に変えていく。そして、だんだん「幻聴さんがいないとさびしい」みたいな、リレーショナルな関係に変えていくことを、コミュニティとして協同してやっているわけです。

「二者性」という根拠——最首悟

辻　：先ほど、ＡＩを前にして自分が問われていると言いましたが、同様に、コロナを前にして自分が問われていると思うんです。そもそも、病って誰のものなのか。私の病という時に、その私とは何なのか、と。第2章で、私のアイデンティティと言っているものがどこまで私のものなのかという問いを考える一つの筋道として、田中優子さんは、二〇も名前がある江戸時代の人たちのような、私そのものの内なる複数性、多様性を指摘してくれたわけだけど、自己同一性という思い込みそのものが問題なのではないか、ということだと思います。それから、第3章で話したように、緒方正人は、自分たちが生み出しておきながら忌み嫌っている毒や廃棄物の側に立ってみろ、と突きつけたわけです。そういう意味ではウイルスも同じで、おそらく人間の歴史よりもはるか昔から、ずっと、ほとんどの場合はある程度安定した状態で過ごしていたものを、人間がその棲みかである自然界の奥に手を突っ込んで引きずりだしてしまい、仕方なく変異した。

高橋：ウイルスから考えれば、とんだ迷惑ですよね。

辻　：他の生き物から見たらどうなのか、ということを考えてみなくちゃいけないと緒方正人は言っているわけですね。ぼくらは「見る」というけれど、同時に「見られている」ことを、現代人は忘れているというわけです。コロナ禍の中で、いよいよ緒方正人に学ぶことは多いと実感しています。私たちはどこかで、人間以外の物には感情も記憶も霊性もないと勝手に思い込んでいるけれど、それは危険な思い込みだということです。水銀によって犠牲になった鳥や魚、人間、そしてさらに水銀という物の側から、怖れの感覚をもって世界を見る必要がある。物であろうが人であろうが、存在が求めているのは、結局その存在が認められること、つまり、「存在の認定」なんだ。認めるというのは、良いとか悪いとかという判断を超えた奥にある存在の認定。それは平たく言えば「愛している」ということだ、と。これは、先ほどの奥田さんが言った「愛おしさ」ということにつながっていますよね。

もう一つ、コロナ禍の中でぼくが注目したのは最首悟《さいしゅさとる》さん（生物学者・社会学者・評論家　一九三六〜）です。最首さんは二〇一八年四月に植松青年から手紙を受け取ってから、往復書簡をずっと続けてきた。二〇二〇年三月三〇日に死刑が確定してからは、ほぼ手紙のやりとりはできなくなり、残念ながら往復書簡にはならないのだけど、コロナ禍で一喜一憂する社会を横目に、最首さんは今も手紙を送り続けている。『こんなときだから　希望は胸に高鳴ってくる』（くんぷる、二〇一九年）という本に収録されているのは、植松青年からの四通と最首さんからの一六通です。この本のタイトルは、中原中也の詩の中の「目的もない僕ながら、希望は胸に高鳴ってゐた」からきているという。またこの本の副題が「あなたとわたし・わたしとあなたの関係への覚えがき」というんですが、先回りして言ってしまうと、この「あなた」と「わたし」の関係を、独立した二つの主体の関係と捉えたらダメだ、という意味なんです。「あなた」「わたし」へと分かれる前の、自他未分で、自他不可分の「いのちという場」を、最首さんは「二者性」と呼んで、これこそが人間存在の本質的な構造だと考えるわけです。ぼくは、最首さんの「二者性」には最大のリスペクトをもっているんですが、これをぼくたちなりに「あいだ性」と言い換えてもいいのではないか、と思っています。

　この本が感動的なのは、こうした哲学的な議論を片方でしながら、それを植松青年になんとか伝えようとする最首さんの誠実さ、辛抱強さなんです。そしてもう一つ、こうした哲学がゆっくりと生成してきた場として、最首さんご夫婦と、四〇歳を過ぎた星子さんという複合重度障害者の娘さんとの暮らしがある。この二つが交錯する場面を読む時の知的興奮はほとんどスリリングなほどでしたね。

　往復書簡の中味についてはまたの機会に話したいと思いますが、とにかく最首さんの穏やかで、時にはこっちがイライラするくらい回りくどい語り方の流儀は、まさにネガティブ・ケイパビリティの見本ですよ。最初の三通でも面会でも、植松青年はけっこうアグレッシブに自分の凝り固まった論理で押してくるんですが、最首さんは批判に対して批判でやり返さない。相手の考えをまじめに受け止め続けるんですね。で、たとえば、面会後すぐに書かれた手紙でも、反論しないまま、終わりのほうにこんなことを言う。

――……では私はどうか。本当のところ、わからないのです。わからないからわかりたい、でも一つわかるといくつもわからないことが増えているのに気づく。すると、しまいにはわからないことだらけになりはしないか。そうです。人にはどんなにしても、決してわからないことがある。そのことが腑に落ちると、人は穏やかなやさしさに包まれるのではないか……。（最首悟『こんなときだから 希望は胸に高鳴ってくる』くんぷる、二〇一九年、104頁）

相手の凝り固まった思考を丁寧に解きほぐそうとする。これは英語でいうアンラーニングのみごとな例です。しかもそれは最首さん自身にとっての、自分のうちに積み上げてきた西洋近代的教育を崩していくアンラーニングでもある。それを彼は星子さんとの暮らしという場で、四〇年以上かけてずっとやってきたんですね。では何をアンラーンしようというのかというと、西洋近代的な「自我」です。「わたし」と「あなた」、自己と他者、人と自然とを分け隔ててきた境界線を取り除いて、両者をつなげようとするわけです。

三通目の手紙になると、植松青年はさらに高飛車な感じで、障害者の親として、大学の名誉教授として「できること」「やるべきこと」があるだろうとか、「希望」とは尊厳死・安楽死を示すことばかもしれない、などと書いてくる。それでも、最首さんはあくまで反論の代わりに、生物学や心理学や言語学などをわかりやすく説く一方で、星子さんとの暮らしから学んできたことを淡々と語るんです。たとえば、これは植松青年への手紙ではないですが、こんな感じです。

――星子と暮らす日々に右肩上がりの人生はありません。では衰えていくだけか、いえ、命のおのずからの中動態の展開に生きる手ごたえを感じる、と言いましょうか。星子の十日ぶりの便通にウキウキした雰囲気が漂う、など。そういうことが星子と母親と父親の私の三人の勢いなのです。

（同前、299頁）

「手ごたえ」「雰囲気」「勢い」というのがまさに「二者性」、あるいは「あいだ性」の現れですね。そこにあるのは、行為の主体、思考の主体、経験の主体としての「自分」とか「わたし」とかではなく、「わたし」と「あなた」の溶けて混ざっているような「あいだ」です。最首さんは、日本語に主語がないこと、「人間」ということばの中に「あいだ」ということばが組み込まれていること、「人」という漢字が双方から寄りかかりあっていること等を植松青年や読者に向かって繰り返し話しながら、「一者性」の世界から「二者性」の世界へと導いていくんです。

今、コロナ禍の中で、いろんな意味で追いつめられ、孤立する人が増えていく中で、ぼくらの中にもともと潜在している優生思想がますます表面化していくという気がします。それをどうアンラーニングしていくか、ですね。

社会の声――武田泰淳『審判』

高橋：先ほどの植松君の話で、彼の言うことが「紋切り型だった」というのはとても大切な論点です。彼は紋切り型のことばを使い、そして、ものすごく雄弁なんです。いったいあのことばはなんだろう、というのがずっとぼくの疑問でした。あの紋切り型のことばがどこからやってくるのか、ということが。

そこで、武田泰淳の『審判』という小説のことを話したいと思います。これは泰淳の大変な問題作で、中国戦線で、ある兵士が農民を殺した事件について書いた作品です。実は、農民を殺した兵士とは作者の泰淳自身ではないか、と長く言われてきました。でも、当人に直接訊ねた者はいなかった。最後、晩年になって、親友の中国文学者・竹内好《よしみ》が「どうしても聞きたかったことがあるんだけど、あれは君のことだよね?」と聞いたら、泰淳は黙って頷いたと言われています。

二回の殺人シーンが異様な迫力で描写されているのですが、日付まで細かく書いてあります。殺人の日付を書いてあるのは、あえてそういう記録を残したということだろうと思います。特徴は、二回ともそのときの兵士の内心が書いてあることです。これが驚くべきもので、ちょっとそんな内容は他の小説で読んだことがありません。どこまで事実かはともかく、彼にとって本質的な瞬間だったであろうことが書いてあります。

一回目の殺人は、ある分隊が駐留している村はずれに、中国人の農夫二人がやってきて、通行許可を願い出たときのことです。その農夫は、別の部隊長からの「自分の部隊で働いてくれた善良な農夫で、もとの村へ帰してやるところだから、保護せられたい」という証明書を持っていました。なので、それで通行を許可してやる。ところが、少し農夫たちが歩いたところで、分隊長が小さな声で「やっちまおう」とささやくのです。そして兵士たちは、去ってゆく農夫を銃で狙います。銃口で狙いをつけたとき、主人公は、どうしようと一瞬迷う。でも次の瞬間に、突然「人を殺すのがなぜいけないのか」と思って、銃を射つのです。後で兵士たちが集まると、「俺にはあんなまねはできない」という兵士もいた。兵士のうち四、五名は、発射しないか、わざと的を外したのです。ある兵士が主人公に「君は射ったか」と訊ね、彼は、「射ったよ。人を殺すことがなぜいけないのかね」と答えるのです。

二回目の殺人は、しばらくたって、今度は別の伍長と二人で、別の村を巡回していたら、すでに別の部隊が来て村中に火をつけていた。その中に生き残っている老夫婦がいた。座り込んだ老人は、目が見えないのです。だから、老婆と二人、村人からも取り残されたのでしょう。「どうすっかね」と言って、伍長は先に行ってしまう。そして、残された主人公は考える。ほうっておいても死んでしまうし、彼らは自分で生きていく力も残っていない……。武田泰淳は、こう書いています。

――「殺そうか」フト何かが私にささやきました。「殺してごらん。ただ銃を取りあげて射てばいいのだ。殺すということがどんなことかお前はまだ知らないだろう。やってごらん。何でもないことなんだ。ことにこんな場合、実さい感情をおさえることすらいらないんだ。自分の手で人が殺せないことはなかろう。ただやりさえすればいいんだからな。自分の意志一つできまるんだ。そのほかに何の苦労もいらんのだ」（武田泰淳『上海の蛍・審判』小学館、249頁）

こんな「声」を聞いた後、主人公は冷静に老人を射殺します。気がつくと伍長が戻っていて、「とうとうやったな、若い奴にはかなわん」と言い、弱々しい微笑を浮かべる。そこで、この部分は終わっています。

小説は、この主人公の告白が中心になっています。いつも静かで謎めいたその青年は、美しいフィアンセもいて幸福なはずなのに鬱々としている。この二つの殺人について書かれた手紙が話者に届けられ、最後に、戦争が終わった後婚約者といっしょに日本に戻るつもりだったが、自分はこのまま家族と離れて中国に残ります、という告白をして終わっています。

注目すべきなのは、主人公に聞こえてくる声でしょう。「殺そうか」「殺してごらん」。これはいったい誰の声なのでしょうか。教科書的な答えなら、それは「主人公の内心の声」ということになります。主人公の内面に悪の部分があって、「殺しちゃおうよ」と彼自身にささやいたのだ、と。でも、ぼくは違うと思ったんです。これは「彼の内面の声」じゃなくて「社会の声」ではないだろうか、と。

辻：社会の声、ですか。

高橋：はい。ぼくたちはみんな内面に自分の声をもっていると思っているし、それを「自分のことば」だと思ってしゃべっています。でも、それはどこから来たものでしょう。いわゆる社会から直接来た声もあるし、周りの共同体から来た声やことば、本から来たことば、さっきのAIじゃないけれどネットからとか、さまざまなことばを集めて、それを「自分の声」として使っているだけです。

それにもかかわらず、「実は、これは社会の声です」とか「いろんな声を教えこまれたのだ」という教育はされていません。あなたには自由に使える内面があって、すべてを自分で決定していますよ、社会は知りませんよ、という前提があるんです。すごく恐ろしいことだと思いませんか。

辻さんは、日本の国語の教科書の一ページ目に、何が書いてあるか知っていますか？

辻：なんでしたっけ、高橋さんが書いた文章をこの前読んだばかりなんですが。

高橋：「みんな」、なんですよ。「ぼく」や「きみ」ではなく、いきなり「みんな」。

辻：そう、「みんな」だ。

高橋：国語の教科書を手に入る限り読みましたが、どれも必ず最初は「みんな」。挿絵も男の子と女の子と何人も描かれているけれど、書かれているのは「みんな」です。「みんな」は空気みたいに存在しています。彼ら「みんな」は、「友だち」ということになっているけれど、実は、社会なのだと思います。そして、その社会のことばが、いつも「私」を監視していて、ぼくたちはそれを「私のことば」だと思いこまされていくんです。近代文学でも大切なのは「私のことば」だと言われていますが、そういう意味では、近代文学も社会とグルになっている。つまり、ほんとうに「自分のことば」があるかどうかわからないのに、社会が「自分のことば」として設定したものを、そのまま受け入れている。違うことばでいうなら、「感染」している。これは社会のウイルスなのかもしれない。

辻：ウイルス。だから感染してしまう。

高橋：そう、ずっと感染した状態のまま自分の内側にいて、決定的な場面で症状が出てくるわけです。「なぜ殺しちゃダメなんだ」「殺しちゃおう」と。普段は潜んでいて、意識もしていないのに。

辻：無症状感染というやつだ！

高橋：そう、無症状感染ですね。しかもひどいのは、自分の声だと思い込んでいるから自罰的になる。内面は自分のものだと思っているから、自分の罪になる。だから、それを苦に自殺したりするわけです。

辻：植松君もある意味主体的ですよね。死刑判決に控訴しないというのは筋は通っています。

「あいだ」の詩──「ノーバディがいたよ」

高橋：ここで民主主義の話に飛びますが、西洋由来の近代的個人は、そもそも民主主義に合わないのではないかという話をしたいと思います。要するに、近代的個人の典型としてはハムレットのように自立した個人がある。民主主義が水平的平等を求めるものだとしたら、ヨーロッパ的主体はそもそもそれを拒否しているわけです。唯一絶対の、かけがえのない個人、「私」、主体が中心だからです。

だから、さっきの話に戻りますが、主体と言われているものがいちばんやばい。しかもことばだからつかみようがない。教科書って怖いですよね。主体性が大事と言っているのは社会なんですよ。でも、そんなことをほんとうに「社会」が望んでいるのか。教科書って引用が七割、説明文が三割で、その説明文には主語がありません。「この文を読みましょう」と書いてある、では、そう言っている主語は誰なのか。「社会」なんですよね。だって、教科書は基本的に文科省の検定を受けるわけですから。でも、そうは言わない。自主性と自由と主体性に任せていますよ、としか言わないのです。その声は、絶対に自分が誰なのかを告げない声、それこそ社会の影の声なんです。これはすごく恐ろしいことだと思います。

では、そこから逃れることは可能なのか。それはすごく大きいテーマで、作家はそれをいろいろなやり方でやっています。その一つの、優れた例を紹介したいと思います。藤井貞和さん（詩人・文学者 一九四二〜）の「雪、nobody」という詩です。これは、ぼくのいちばん好きな詩でもあるんですが。

ある日、「きみ」は文章を読んでいる。それは、アメリカの小学校に通っていた日本人の子が、友だちを探しに出かけたけど、見つからず、帰ってきて母親に「nobodyがいたよ」と報告したという文章だった。

辻：英語だったら「Nobody is there」。

高橋：日本語に訳すと「誰もいなかったよ」。

辻：でも、直訳すれば「ノーバディがいたよ」になる。

高橋：そう。この後を読んでみます。

——ここまで読んで、眼を挙げたとき、きみの乗る池袋線は、
練馬を過ぎ、富士見台を過ぎ、
降る雪のなか、難渋していた。
この大雪になろうとしている東京が見え、
しばらくきみは「nobody」を想った。
白い雪がつくる広場、
東京はいま、すべてが白い広場になろうとしていた。
きみは出てゆく、友だちを探しに。
雪投げをしよう、ゆきだるまつくろうよ。
でも、この広場でnobodyに出会うのだとしたら、
帰って来ることができるかい。
正確にきみの家へ、
たどりつくことができるかい。
しかし、白い雪を見ていると、
帰らなくてもいいような気もまたして、
nobodyに出会うことがあったら、
どこへ帰ろうか。

（深く考える必要のないことだろうか。）

（藤井貞和『ピューリファイ、ピューリファイ！』書肆山田、一九九〇年）

「ノーバディがいたよ」ということばが存在する世界はどこにあるのでしょうか。それは、英語共同体の中でもなく、日本語共同体の中でもありません。まさに、二つの共同体の「あいだ」なのです。この詩がすごいのは、「あいだ」のことばが突然、出てきていることだと思います。多分、藤井さんも実際に聞いた時にびっくりしたと思うんですよね。「ノーバディがいたよ」。一瞬、意味がわからないでしょう。でも同時に、この詩を読んでいると、雪の中に「ノーバディ」の姿がなんだか見えてきませんか？

辻：うん、「どこにいたの？」って言っちゃいそう。

高橋：この詩の中の「ノーバディ」が実態をともなったとき、初めて自由にものを考えることができる。そんな気がするんです。ことばというものは、その性質上、もともと共同体とともにある。だから、そこから自由になることはほんとうに難しい。作家ですらそうです。自由になっていると思い、主体的に書いていると思っても、さっき言ったように、社会から与えられた主体を使って、自分が主体的だと思い込んでやっているだけ。そういうものからは「ノーバディ」という発想は出てきません。

共同体から離れる世界があるということを、この詩はことばで教えてくれる。だからびっくりしたんです。ぼくたちは、なんとなく共同体から離れたら生きていけないと思っていますよね。ぼくたちがいちばん縛りつけられているのは、実はことば、自分が所属している共同体の言語です。違うことばで考えてくれと言われても考えられない。そのことばの、ある意味奴隷なのですから。「ぼくは自由に主体的に生きています」と書いている時点でもう、その共同体が使っていることばの奴隷になっている。このことに植松君は気がつかない。では、ぼくたちが気づいているかというと、実は気がついていないんです。最も巧妙なやり方で奴隷にされている。そういうときに「ノーバディがいたよ」ということばで、はっと目がさめる。

これは「あいだの詩」だと思うんです。植松君にせよ、一九四三年の武田泰淳にしろ、「ノーバディがいたよ」ということばが存在する世界があることを知っていたら、人を殺さなかったんじゃないか。そうじゃないことばがあることを知らなかったんじゃないのかな、と思ったんです。

だからことばの問題はとても重要で、「主体性」ということばは美しいし、近現代文学も輝かしいことばをつくってきたけれど、実はそれが共同体への服従を強いていく構造になっていることになかなか気がつかなかった。近代文学と近代国家の形成がいっしょに進んだから、小説家がどんなに反権力的、反国家的なことばを使っていても、というところが悩ましい。ぼくにとって、植松君が他人ごとではないというのは、そういうことなんです。

辻：なるほど。これも最首悟さんの言う「一者性」の幻想だな。

民主主義とことばと「あいだ」――グレーバー

高橋：次に、デヴィッド・グレーバー（アメリカの人類学者一九六一―二〇二〇）の話をしたいと思います。民主主義が生まれる場所というのは、ある文明と文明の「あいだ」、ある共同体と共同体の「あいだ」、その自由な空間でしか生まれないのではないかというのが、グレーバーの一つの論点です。

辻：この四月末に日本語訳が出たばかりの『民主主義の非西洋起源について』（以文社、二〇二〇年）ですね。その副題がなんと「『あいだ』の空間の民主主義」。まさに「あいだ」です。英語のタイトルでは「民主主義はあいだの空間（spaces in between）から出現する」。

高橋：でも今日は、そのことより、主にもう一つの論点について話したいと思います。一般的に「民主主義は」と言うとき、ギリシャ・アテナイの民主主義が起源であるというのが前提になることが多いですよね。そこからまちがっているとグレーバーは言っています。ネイティブ・アメリカンであるイロコイの民主主義や、大西洋の海賊民主主義みたいなものなど、水平思考の意思決定システムを民主主義と考えれば、そういう意味でのデモクラティックな思考方法は世界中にいくらでもあるし、そういうことを知っている人たちもいたと思うんですよ。

辻：民主主義の起源については、これまでも議論されてきたはずですよね。

高橋：なのにギリシャのアテナイの民主主義だけが起源だと言われている。それはどうしてか、という問題です。エドワード・サイード（パレスチナ系アメリカ人・文学批評家　一九三五―二〇〇三）に『始まりの現象――意図と方法』（法政大学出版局、一九九二年）という本があります。サイードの初期の傑作だと思うんですが、簡単に言うと、ぼくたちは、何かについて論じたり書いたりするとき、「中世の夜明け」とか「江戸時代の始まり」とか、「近代の始原」というような言い方をするけれど、なぜそうなのか、という問題提起です。その「何か」は、なぜ始まらなくてはいけないのか。当たり前すぎて、誰も問題にしなかったことについて、サイードは考える。なぜ、そのような思考の形を、ぼくたち人間が選んでしまうのか。それは「人間が生まれて死ぬから」だ、というのがサイードの意見です。つまり、ぼくたち人間が、ほんとうに理解できるのは、「生まれて死ぬ」という人間の避けられない運命であり、どんなものも、どんな思考も、いったん人間の生から死に至る軌跡の形に翻訳しないと、人間は理解することができないのだ、とサイードは言っています。生と死は身体的なものであって、それだけが人間にとって真に実感できるものであり、それゆえ、たとえば歴史のようなものも、自分自身の身体になぞらえてはじめて「理解」できるのだ、と。始まりがあって終わりがある。でも、それは、実際にではなく、「始まり」も「終わり」も実はある種の物語にすぎない。というか、「物語」こそ人間の身体的限界に似せてつくられたものなのだ。これが、サイードの考えの中でいちばん驚いたところです。

辻：原因と結果という因果論に対して、プロセスそのものが大事だということでしょうか。

高橋：原因と結果という因果論そのものが、事実ではなく、人間の身体性に制約された考え方なのだということだと思います。プロセスは事実なのに、なぜ、そこに「始まり」を見つけなければならないのか。

これとこれがあって結果がそうなったという事実の羅列があるだけなのに、何かが始まって何かが終わるという物語を、そこに創らなくてはならないのはなぜなのか。それはぼくたちが人間であり、さらに共同体のことばに侵されているからです。ぼくたちは、ことばを習う最初のときから、「始まりと終わり」という物語に拘束されているのです。でも、人間という生き物は、そのようにしか生きられないのかもしれない。さっき言った社会のことばによって条件づけられ、認識の仕方も限定されているから、まず「民主主義の始まりって何だ？」と自動的に考えてしまうんですね。グレーバーのすごいところは、「起源なんてないよ」と言ったことだと思います。「民主主義」には始まりもなければ終わりもない。今までもあって、今もあって、これからもある。見つけようと思えばどこにでもあるよ、と。どうですか？　議論の仕方自体が変わってくるでしょう。

辻：なるほど、高橋さんがとりあげたのは、時間軸における「あいだ」ですね。普通は、「今」を始まりと終わりを結ぶ線のどこかにあるものと考えるけど、始まりも終わりもないとすると、宙ぶらりんですよね。というか、線として時間を捉えること自体が問題です。

高橋：ある時間を、あるところから別のあるところまで区切り、つまり、ある始まりから終わりのところまで、一つの物語をつくったから、そこに世界が生まれる、というのではない。世界は、そんな形ではできない。始まりと終わりにはさまれた物語ではなく、そんな固定した世界と世界の「あいだ」に、勝手に生まれている、とグレーバーは言っていると思います。

辻：という意味では、民主主義って「あいだ」そのものなんですね。

高橋：そうですよ。共同体と共同体の「あいだ」に人々がたまたま集まって、何かを突発的に決定しなければならない。そんな瞬間が訪れたとき、政治的意思決定のプロセスをつくる必要があって生まれるのが民主主義なんです。

辻　：日常の中で、「今・ここ」にだって、ある意味の民主主義が起こっているわけですね。あらゆる人間関係、あらゆるものとの関係の中に民主主義はある。

高橋：鶴見俊輔さんが言うところの「再定義」ですよね。社会の教科書に載っている民主主義は、完全な政党政治とか、投票によって決めるとか、政治的多数派の形成ということばとともに存在しています。けれども、あれは社会が決めた、社会のことばによる、社会のための定義にすぎない。

辻　：なるほど、「民主主義」ということば自体が矛盾していて、「主義」じゃないということですね。主義では定義を固定する。それに対して、プロセスとしても民主主義は常に不定形だから、そういう意味で定義を原理的に逃れている。

高橋：だから、民主主義が破壊されようとすると「民主主義を守れ」みたいな言い方で反対するけれど、それはグレーバー的にはまちがっています。そこで言われている民主主義はまさに社会が定義しているものだから、それに乗っかって民主主義を守れと言うのは、一見正しそうだけれども、ちょっとおかしい。

辻　：「守れ」と言っている時点で、民主主義を裏切っている、と。

高橋：民主主義が固定したシステムになっていますからね。だからグレーバーがやろうとしているのは、その固定されたシステム、固定した理念を元の運動に戻すことなんです。

辻：彼の運動は「アナキズム」と呼ばれるけど、それも違う。「イズム」じゃないんだから。

高橋：さっき、カミュの『ペスト』の話をしましたが、コミュニズムあるいは保守主義、国家社会主義がそれぞれことばを独占していた。それに対して、「イズム」を、つまり、一つのことばのもとにつくられた正義をもっていなかったカミュが攻撃されたんです。お前にははっきりしたものが何もないと。

辻：「あいだ」だからだ。

高橋：そう、「イズム」と「イズム」の「あいだ」にカミュはいた。なぜなら、カミュは個人だったからです。個人は「イズム」をもたない。彼がやっているのは、個人がその場その場で一つ一つ決断していること。そこには「イズム」はなく、一度きりのプロセスしかない。

辻：その個人も、個人主義という主義に囚われるとまた問題ですが。

高橋：近代の個人主義は「主体」を大切にしますからね。でも、その意味ではカミュの「個人」は、近代の個人主義が称揚する主体ではありません。カミュも、使っていることばさえ「自分のもの」ではないと言っています。彼の立場は、民主主義は良いものだ、価値があるものだ、としているものとは正反対の側にいます。なぜなら、正解はなく、定義しづらいものだからです。運動だから、そもそも形がないので定義するのも難しい。こういう民主主義だよ、とは言えない。その場で発生する、まさに運動そのもの。

グレーバーはあらゆるものを根本から疑ってかかります。グレーバーの本でおもしろいところは、事実を集めて、ほらご覧、ここにあなたたちが一度も見たことがない「民主主義」の実験、生々しい姿があるんだよと、いきなり見せてくれるところです。彼が示したものを見て、読者であるぼくたちは驚く。こんなことがあったのか、と。そんな「不意打ち性」も彼の書くものの特徴ですね。それは、なにより、硬直したぼくたちの考え方をその場で壊そうとしているからです。

彼は様々な運動を並列的に並べて、この中に民主主義という運動の一つの形がある、ということしか言いません。ただ例をあげる。その結果、最終的には国家を否定することになるのですが、それに対して編者が、「どこかで国家と折り合いをつけて、現実的になる必要があるんじゃないか」と批評するんです。編者とグレーバーがすごく友好的に、お互いの致命的な欠点を、攻撃のためではなく、もっと良きものにするために批評しあっているのもいいですね。

辻：たしかにリスペクトがありますね。

高橋：ちょっと鶴見俊輔的です。リスペクトしつつ、批判する流儀。それで思ったんです。この本の構成自体がデモクラティックじゃないかと。社会システムとか政治システムじゃなくて、この二人が応酬していることばのやり取りがデモクラシーの在り方を見せている。付度《そんたく》せず、それでもリスペクトしつつ、厳しく指摘するその態度がね。

辻：なるほど。「エマージェント・プロパティ（創発特性）」ということばがあるじゃないですか。部分の内にはいくら探してもない新しい特性が、全体になると現れる、という。民主主義もエマージェント・プロパティとして捉えられるかもしれませんね。

高橋：最終的には紋切り型のことばとはいちばん遠いところにあるものだと思います。それを実践しているところがすごいですよ。

辻　：先ほど、高橋さんが「不意打ち性」って言ったけど、不意打ちっていうと詩なのかなと思います。小説ってやっぱり、ある程度、紋切り型になりますよね。

高橋：それを小説でやっているのがカフカですね。さっき出てきた「オドラデク」は不意打ちそのものでしょう？　たしかに不意打ち性は詩にふさわしくて、小説に使う場合は、おそらく「違和」という形になると思います。違和感を読者に感じさせること。なんか変なものを読んだ、というか食べちゃったという、でもなかなかことばにならない感覚。「ノーバディがいたよ」も不意打ちで、ぼくたちの感情を揺り動かします。でも、小説の場合は、読者の認識が揺り動かされる。それは、自分の知らない、この世界じゃない論理をもった世界が目の前にある、という驚きです。

辻　：そういう意味では、より「あいだ」を体現しているのは、むしろ小説のほうなんですね。

高橋：もちろん、ほとんどの小説はそこまでたどりつきませんが。時々出てくるのは、やっぱり、ここではない別の世界です。

辻　：ただ、とんでもない世界ってわけでもないですよね。

高橋：もちろん。遥か遠い世界はファンタジーに過ぎず、実は、人を安心させてしまいます。現実の世界とは遠く離れているからです。しかし、この世界のすぐ隣に、いや、階段の下にその世界がありますよ、そう言われたらどうでしょう。どんな異常な世界も、遠くにあるなら、怖がろうと望もうと、実は

「他人ごと」なのです。けれども、現実ではない世界がドアを開けていきなり入ってきたとしたら?

辻：そうか、オドラデクは、そういう意味では不意打ちですね。

高橋：どう考えればいいのかわからない。世界をどう認識すれば、その状態を説明できるのか混乱する。その強度は、詩に近いかもしれませんね。

辻：短くて詩のサイズだしね。なるほど、そういうふうにグレーバーを読むっておもしろいですね。ここ一〇年、自分なりにグレーバーを読んできたけど、この本は、昔自分でも調べていた植民地時代のアメリカのことがけっこう出てくるので、とてもおもしろく読みました。特にぼくがまだ北米に住んでいた頃に興味をもっていたのが、黒人とインディアン（ネイティブ・アメリカン。ここでは当事者自身が使う呼称にならって〝インディアン〟とする）と白人植民者との関係なんです。これからもう一度、少し専門的に原書を読もうと思っているんです。

高橋：そっちの方向もおもしろいと思います。

辻：今では黒人とインディアンがマイノリティだということを誰も疑わないけど、植民地時代は、白人だって移民だし、最初は文化も言語も全く違う人たちの寄せ集めで、権力はほんの一部のエリートに集中していた。つまり、まだ社会の大部分はマジョリティ・マイノリティという分類が成り立たない、渾然としたフロンティアの世界です。その中から、どのように民主主義が生まれ、国家が生まれていったかという問題について、歴史では普通、グレーバーの言う「スペース・イン・ビトウィーン（あいだの空間）」抜きにして説明するという無理を通してきたんだと思う。ぼくがアメリカに住み始めた頃には、それへの反省はすでに始まっていて、特に白人とインディアンの関係史、白人と黒人の関係史が流行っていた。その中に、たとえば、グレーバーも本の中で言及していた、イロコイ六部族同盟の社会にあった自由や平等の考え方が、合州国憲法に影響を与えたらしいという話が出てきます。

でも、ぼくが思ったのは、それだけだとまだ三角形の二辺にすぎない。黒人とインディアンの関係というのがミッシング・サイドで、これがないと三角形にならない。三角形となれば三辺に囲まれた領域が見えてくる。それが「あいだ」です。でも黒人、インディアン、白人というカテゴリー自体が抽象であって、それぞれが限りなく多様です。それらが混じり合い、影響し合う三角形の「あいだ」からいかにいろんなものが生まれてきたか、と考えると、その豊かさにも限りがないんですよ。たとえば、グレーバーは、逃亡奴隷や「インディアン化した」白人の使用人たちが植民地政府の管理の全く届かないところでつくり上げたコミュニティのこととか、飛び地のような島々で、解放奴隷、水夫、船上娼婦、背教者、叛徒といったはみ出し者たちによって形成されたコミュニティのことなどについて言及していますね。そして、「こうした集合体の中からこそ、アメリカやその他の地域の革命を促した民主主義的衝動の多くは最初に生じたものと思われる」(84頁)と言っています。

これは日本でも同じことが言えるんじゃないかな。もうそろそろ、民主主義の西洋起源神話から脱しないといけない。また、国家と民主主義を一緒くたに考えるマインドセットからも抜け出さないといけないと思います。そういえば、さっき話した最首悟さんの本で、彼は「日本人」という代わりに、「日本列島人」ということばを使っている。それにならって言えば、国家の歴史の外側にある日本列島人の歴史をつうじて、あちこちに生じていただろう「あいだの空間」と、そこで育まれたネイティブな民主主義を再発見していく必要があるでしょうね。そういう可能性を思うとワクワクします。

第5章 「弱さ」×「雑」×「あいだ」

北条裕子
小松左京
向田邦子
野坂昭如
猫田道子
大江健三郎
鶴見俊輔
小島信夫
古井由吉
サアド・ダゲール
サミ・アワッド
バンクシー
ハニ・アブ・アサド
山口昌男
夏目漱石
石牟礼道子
デヴィッド・グレーバー
中島岳志
パトリック・デニーン
ハンナ・アレント
アレクシ・ド・トクヴィル

「死者のことば」は代弁できるのか？

辻　：ぼくたちの共同研究は、「弱さ」「雑」、そして「あいだ」とテーマを変えて続いてきたのですが、まだぼくの内では「雑」ということばがキーワードであることに変わりはありません。というか、「あいだ」について考えるときに、しばしば「雑」が重なっていることに気づかないわけにいかない。そもそも、「雑」には「あいだ」に混じっている、という意味があるから当然なのですが。

高橋：そう、「雑の研究」は継続中なんです。「弱さの研究」が一段落したあと、その次の展開として「雑」が自然に出てきたわけですね。

辻　：「弱さ」というテーマは継続しながら、「雑」ということばを軸にするものへと展開していった。

高橋：そんなふうに、「雑」の中から出てきた次の視点が「あいだ」なのだと思います。もう一度、「雑」の観点から見ることでわかる、と思ったことを紹介します。

今年（二〇一八年）の五月頃に、『群像』に載った『美しい顔』という小説が群像新人賞をとり、のちに芥川賞の候補にもなったんですが、盗作疑惑がもち上がり、ちょっと大きな話題になりました。東日本大震災の津波の凄惨な状況とその後のようすが事細かに書かれている、ダイレクトな震災文学です。高い評価を受けたのですが、のちに、震災に関するドキュメンタリーや記事、いろんなところに書かれたものを勝手に使った、と問題になったわけです。結論から言うと、たしかに何冊かの震災ドキュメンタリーから間接・直接にことばをもってきているところがありました。本人は参考文献を記すつもりで、出版社にもそのことは伝えていたけれど、編集者との連絡がうまくいかず、参考文献として載らなかったと聞いています。

ぼくは、それ自体はそれほど大きい問題ではないと思うんですよね。勝手に使おうとしたわけではなかったなら。ところが別の問題が生じました。それは彼女が実際に被災現場に行っていないという事実です。現場に行かずに「震災文学」を書くのは、死者に寄り添っていないのではないか、死者を冒瀆することになるのでは、と批判されたんです。死んだ方々の記録を勝手に文学のために使うのは許せない、つまり、小説のために死者を用いるということが許せない、というわけです。

辻：現場に行ってないということで、そうなるんですか。

高橋：とても厳しい批判が浴びせられました。それでもおそらく本は出ると思うんですが（北条裕子『美しい顔』講談社、二〇一九年）。

ぼくは、ここには非常に重要な問題があると思いました。それは「当事者問題」です。これは震災に限ったことではなく、「戦争文学」についても同じような問題があったのです。前の戦争が終わった後、たくさんの作家が、彼らが体験した戦争について書いた。大岡昇平、椎名麟三、野間宏、島尾敏雄、武田泰淳等々、数え上げればきりがありません。ぼくたちも当然のように彼らの文学を読んできたけれど、いつのまにか「戦争文学」は読まれなくなっていきました。

その一つの理由は、戦争の記憶が薄れ、記憶の継承ができなくなったということです。今年（二〇一八年）は戦後七三年で、終戦の一九四五年に生まれた人は七三歳。戦争の記憶をもっている方々がどんどん歴史の向こうに退場していき、もうすぐいなくなってしまいます。
もう一つは、よく言われることですが、みんな、戦争のことに興味がなくなったということです。ある広島の原爆の語り部が、「最近、自分の話をきちんと聞いてくれる人が少なくなった」と話していましたが、若い人たちが戦争に興味をもたないことって、そんなにネガティブなことなのでしょうか。記憶が風化して、そのことによって日本はダメになったとも言われるけれど、ほんとうにそうなのか。ぼくはこういう言われ方にずっと違和感があったんです。

辻：なるほど、それも「現場にいた」かどうかが基準になっていて、「戦争文学」も「そこにいた」者の文学という考え方ですね。

高橋：そうです。「そこにいた」人が書いた作品を戦争文学とするなら、その人たちがいなくなったら、もうそれは存在しない、だから継承ができない、という論理につながるわけですね。つまり、「そこにいた」人たちには、ある意味ずっと「権力」があったわけです。戦争に生き残って書いてきた人たちは、「死者の代弁者」になった。そして、そのことに強い意味をこめてしまった。戦争小説の多くは、戦争で死んだ人間たちがいかに悲惨な目にあったのかを描いています。もちろん死んだ本人は書けないから、生きている人間が書いているんですが、そもそも死者を代弁することができるのでしょうか。なぜ生き残った彼らには代弁できて、他の人間が代弁すると「お前たちは違う」と言われるのか。それは、彼らが「そこにいた」から。「俺は戦争に行っていて、その横で友だちが死んだ。だから俺も当事者なのだ」と。しかし、それはほんとうに「当事者」なんでしょうか。

辻　：「当事者」とは何かという問題になりますね。

高橋：今回の問題では、作品に文句を言っているとされている人は、実際には死んでいて発言できません。でもなぜか「死者」の代弁をできる人がいる。その権利があるというけれど、その権利は誰が与えたのでしょう。

辻　：たしかに、それは一種の特権ですね。

高橋：どこからそれが生じるのか。そして、誰がそれを認めたのかという問題があります。これがいわゆる「当事者問題」です。事件や経験に価値を置いて、その事件や経験の「当事者」がいちばん権利をもっていて、そこにいなかった者に権利はないということを、ぼくはずっと疑問に思ってきました。

辻　：こちら側には「現実」「事実」と称されるものがあって、そっち側にあるのは「虚構」だと。

高橋：そう、「現実」より「虚構」のほうが一段下という考え方があるんです。ぼくの中でそれがずっとくすぶっていて、その問題がはっきり形になって見えたのは、終戦記念日にラジオの「高橋源一郎と戦争文学を読む」という番組で、三つの作品を選んだときです（30頁も参照）。野坂昭如（一九三〇年生）の『戦争童話集』から「年老いた雌狼と女の子の話」、小松左京（一九三一年生）の「戦争はなかった」、最後に向田邦子（一九二九年生）の「ごはん」。この作品の共通点は、三人の作者の終戦時の年齢で、一四歳から一六歳、子どもでもなく大人でもない。戦争に行くには若すぎるけど、空襲には遭って、その意味や苦しさがわかっている人たちでした。こういう人たちはいわゆる戦争体験者には入れてもらえない。なぜなら、「子ども」だったからです。でも、これらの作品は、今読むとものすごく説得力がある。なぜかというと、彼らもまた「当事者」で、同時に「当事者」であるにもかかわらず、別の「当事者」たち、つまり大人たちからは、その発言を無視されてきたからです。大人たちは、たとえ悲惨な目に遭ったとしても、ある意味で自分たちの責任でもある。けれども、最も悲惨だったのは、自分たちが何も決定できない状況の中でただ逃げ回るだけの、たとえば子どもたちだったんじゃないでしょうか。彼らは渦中にいたのに、発言権は大人たちにあって、「戦争文学」なんてものは自分と関係ない、と思っていたんでしょうね。けれど、そんな「戦争文学」が消えそうになった頃、ようやく自分のこととして書きはじめた彼らが書いたものを、ぼくは、今読むに値する作品として選んだというわけです。つまり、「当事者」から無視されたという点では、戦後世代と同じ経験をしているとも言えるのですから。

辻：いわば、戦中と戦後の「あいだ」にはさまっている世代ですね。当事者なのに当事者ではないという「雑」な立場でもある。

高橋：死者の問題というのは、文学で最も大きい問題の一つです。死者は書けない、しゃべらない。当人が発言することはできない。では代弁ならできるのか。そして、その代弁されたことばはほんとうに「死者のことば」なのか。そこには大きな疑問があるはずなのに、「戦争文学」という名の「戦後文学」を書いた作家たちは疑ってないんですね。自分たちが書いている、あるいはしゃべっていることばが、死者の代弁であるということを。ぼくは、「死者のことば」というものがあるとしたら、それは「ノイズ」じゃないかと思うんです。

辻　：出ました、「雑音」！

文学と「雑音」

高橋：そう、「雑」です。ところで、ここしばらく自分がいいなと思った小説のいくつかには共通点があるんです。それは何だろうって考えてみました。「高橋さん、なんであんなのがいいと思うの、何がいいのか全然わからない」と言われる小説を強く推したことがあるんです。自分でも何がいいのかよくわからないけど、なんとなく惹かれた。なんかすごい！　と思ったんです。それは、もう三〇年近く前に読んだもので、猫田道子さんが書いた『うわさのベーコン』（太田出版、二〇〇〇年）という小説です。ある文学賞に応募したら選考委員全員が、「ふざけるな！」「こんなのを読ませるなんて頭がおかしい」と、史上最も選考委員を怒らせた作品でした（笑）。

辻　：でも、そこまで残ったわけだから評価した人もいたんでしょ。

高橋：いや、それが選考委員ではなく、最終選考に残すために読んだ編集者、それもたった一人が最後まで抵抗して残していたと言われています。結局は落ちたんですけれどね。でも評判になって、本にもなりました。実は作者の猫田さんは重度の統合失調症なんです。だから、まず文法がおかしいというか、ぎりぎりで意味が取れるくらいで、何が書かれているのかよくわからない。でも、ぼくの友人でもすごくよく作品を読める人や、詩人たちは驚愕した。読んでいると、足元の大地が壊れるような衝撃があるんです。統合失調症は言語の病と言われていて、どんどん言語を失っていき、最後には言語をいっさい発することができなくなる場合があります。だから症状がひどくなると、しゃべっても無意味な音の連なりだけになったりする。でも猫田さんは、ぎりぎり、ぼくたちにもわかる意味の世界に踏みとどまっているから、読んでいると、人間の精神は限界までいくとこうなってしまうのかと思わせるんです。そこにあるのは、通常の意味をもっている言語じゃなく、ほとんど「ノイズ」のようなものです。ノイズだけれど、微かに人間的なものが残っている。そしてもし、死者というものが存在するとしたら、これと似た言語を使うのかもしれないと思えてくるんです。「ノイズ」は、全く無意味だったら、それこそただの「雑音」ですけれど、無意味という広大な「ノイズ」の中に、ほんの少し意味ある世界が点在している。それこそが「死者の言語」ではないか。そんな気がしたんです。

辻　：意味と無意味の「あいだ」、境界とも言えますね。

高橋：それでいて、物語的なものもそこにはあるんです。『うわさのベーコン』を読んでいくと、背景になっている物語のようなものが浮かび上がってきます。主人公はクラシック音楽を学びに学校に行っている。その学校生活と、そこにうまく溶け込めないということが書いてある、らしい。途中で、自分が病気である、らしい、ということも書いてある。ですから、ストーリーのようなものを追っていくことも不可能ではありません。でも、物語の断片をなんとか追っていっても、だんだん不安になってくる。それは、登場人物たちが普通の意味で「生きている」という感じがしないからです。登場人物たち全員が「あちらの世界の人」のような、ぼくたちとは異なった法則で生きているような人、

「ノイズ」のようなことばで意思疎通ができる人、つまり、読んでいるとだんだんその人たちが死者に思えてくる。いや、生者と死者の「あいだ」にいる幽冥界の人という感じがして、この小説はその実況中継みたいなんですね。

辻：幽冥界の実況中継？　すごい世界ですね。

高橋：たとえば、こんな感じです。

——私がこの家に生まれた時から、私の身辺には楽しい音楽がありました。これは、きついレッスンにたえていく音楽ではなくて、私の生活の一部となっていました。

藤原家は父一人母一人兄一人と、私。兄は私が生まれた時からフルートを吹いていたのですが、私が三歳になって、兄は交通事故にあい、フルートが吹けない体になってしまいました。その日、兄のフルートを手で持って遊んでいました。

兄は、その交通事故にあった日より三日もたたない内に死んでしまいました。

「お兄さんにはもう逢えないの？」

私が母親に、この質問をしたのは、兄貴が死んで、ちゃんとあの世に送り届け終った後。それまで私は、兄貴の姿が見えない事に気づいても、口にせず、いつかひょっこりと現れてくるだろうと信じていました。

この私の質問に母親は何かしら答えて下さったのだけれど、私は何を喋っていらしたのか分からなかった。〝聞こえない〟
私の中で、はっきりその事が分かって、それでもまだ私に答えて下さる母親に申し訳がありませんでした。（猫田道子『うわさのベーコン』太田出版、二〇〇〇年）

これはまだ比較的、「ふつう」に近い部分です。それでも、ここでは、死がどこか、ぼくたちの世界で使われているのとは違った意味を持っていることがわかるような気がします。ぼくは、この小説を読んで、「死者のことば」を「ノイズ」、「雑音」と考えてはどうかと気づいたんです。ものすごく感度の悪いラジオで、地球の裏側の国から切れ切れに聴こえてくる放送のような、あるいは、そこから聴こえてくる、まったく知らない民族の音楽みたいな……。あれ、今メロディだと思ったのは気のせいかな？　ただのノイズなのかな、というような。ぼくは文体模写が好きなんですが、『うわさのベーコン』のコピーはできませんでした。どんなにがんばっても、「死者のことば」、「ノイズ」のコピーはできないのだと思います。人間のことばというフィールドでは、「人間的」なものが、中心に行くほど濃く、周縁に行くとだんだん薄くなってゆく。人間の世界の中心、ことばの世界の中心からずっと離れて、薄い空気、真空に近いところに生きていることば、それが「死者のことば」なんじゃないだろうか。そしてそんなことばが、普通に生きているぼくたち人間のことばをじっと見つめているのではないか。そんなふうに感じました。

辻：今の話はどれも文学の評価に関わることですが、どれも生と死の境界、「あいだ」にも関わっていますね。もう一つ、リアリズムと現実を巡って、通常の評価と高橋さんの見方がズレている。これがリアルであり、これはリアルではない、という分類の枠組みをつくっている人たちは、それが揺らぐといらだちを覚えるんでしょうね。

高橋：この何年か、何にでも怒る人が多くなりました。いらだちを隠せない。あるいは隠さない。自分の許容量を超えると、どんなことばも許せなくなるんです。そしてその許容量も狭い、というか、わかりやすいことばしか受けつけないところがある。でもね、文学のことばというのは、非常にわかりやすいものからそうでないもの、生者のことばから「死者のことば」までグラデーションがあって、その意味でも、生と死の区別もありません。そういうものだからこそ、文学のことばは人間の精神をその全領域で担保できるものなんです。

それに対して、今はそんな曖昧なことばへの反発、あるいは「ノイズ狩り」とでもいったものがあるように思えます。「ノイズ」的なものは耳障りだとね。お前の言っていることはわからない、もっとわかりやすく言えよ、お前はどっちなんだ、と結論を端的に迫ります。

辻　：わかりやすさは「雑」や「あいだ」とは反対方向ですよね。一方で「戦後文学」に対する反発もあって、次の世代になってどんどんそれが強まってきたようにも思いますが、どうでしょう？

高橋：ぼくは、「戦後文学」は死者の扱い方をまちがえたと思っているんです。簡単にいうと、死者をわかりやすいものにした。「戦後文学」の中に出てくる死者の多くは悲劇の主人公でしょう？　彼らの描く死者には「ノイズ」がないんです。「ノイズ」をしゃべらない。

もし、「戦後文学」の作家たちが死者の「ノイズ」みたいなものを出してきたら、読者は驚いたと思うんですよ、反発ではなくて。でも、実際に「戦後文学」の作家たちがやってきたことは、私は戦場に行った、わが友たちは皆亡くなった、彼らの死のもとに今の日本の繁栄はある、このことを君たちは忘れてはならない、というメッセージを伝えることだった。それでは、次の世代の反発を招くのは当然とも言えますよね。死者のメッセージは、実は死者のメッセージではなくて、生きている人間が死者を代弁すると称してつくったもので、自分たち以降の世代に、「最も重要なのは、私が理解している死者のメッセージを聞き取ることだ」と言ったから、そこに力関係、上下関係のようなものができてしまった。後から来る世代にとってはおもしろくないに決まっています。

辻：そんななかで、大江健三郎（作家、一九三五年〜）はどうですか？　ティーンエイジャーのころ、彼の作品に夢中になって読みふけったんです。あまり本は読まないほうだったぼくでも。

高橋：大江健三郎さんはすごく変わった作家です。彼はいわゆる「戦後文学」作家ではありません。「戦後文学」は戦争体験の中に価値を置き、そこからスタートするんですが、大江さんは、さっき言った戦争中若かった世代、向田邦子や小松左京、野坂昭如とかに近いんですね。つまり「あいだ」の世代です。初期の作品では、戦争に行かなかった、戦争中に四国の山の中で終戦の報せを聞いた、アメリカ人の捕虜が来たとか、自分が取り残されたという感覚を書いています。そういう意味では、大江さんは「戦後文学」的な権力に反抗してきた世代の代表でもあると思います。

辻：なるほど。彼は大学でフランス文学をやって、サルトルなどの実存主義に惹かれますよね。それで思いだすのは、鶴見俊輔さんのことです。彼は、一九五〇年代に戦後派《アプレゲール》と呼ばれる若い世代の言動に対する批判が渦巻く中で、彼らを積極的に評価して弁護するのに、「実存は本質に先立つ」という実存主義をもちだすんです。それまで権威をもってきた他のいろんなイデオロギーは、どれも本質が実存に先立つとするものだったけど、それが戦争とともに崩れてしまった状態で、戦後の混乱期の若者たちの気分に実存主義がよくマッチしていた、と。鶴見さんは戦後のこの混乱＝雑の状態にすごく期待を寄せていましたよね。天皇制とか唯物論とかに寄りかからない、新しい世代が生まれつつあるんだ、と。『現代日本の思想』（鶴見俊輔・久野収著 岩波書店、一九五六年）で鶴見さんが話しているのは、さっきの話で言えば、戦中と戦後の「あいだ」にいる世代のことで、その人たちの文学について高橋さんが言ったこととも重なるんじゃないかな。

あらためて、鶴見さんはまさに「雑の思想」や「あいだの思想」を地でいく人だったなあと思います。混乱、混沌、中途半端というのにはほとんどの人が否定的な態度を取るんだけど、彼は秩序より、こっちのほうにこそ賭ける、というところがある。彼はアプレゲールの楽天性を評価しているんだけど、それが鶴見さん自身の楽天性を示してもいるんです。

重なりあう「雑」・「弱さ」・「あいだ」

高橋：ぼくが惹かれる作品の共通点は「ノイズ」（雑音）であったことに気づいたと言いましたが、さっきとりあげた猫田道子さんのような「ノイズ」を出している作家をもう一人挙げると、小島信夫さん（小説家・評論家 一九一五—二〇〇六）です。小島さんのことは『弱さの思想』の中でも話しました。「ノイズ」という言い方はしていなかったと思うんですが、小島さんは軽度の認知症になったとき、それをある意味利用して作品にしていたんじゃないかなと思っています。要するに、小島さんの文章は通常の文章としてあり得ないんです。たとえば、主語が一行ごとに変わる。すると、そこに死者が混じっているんじゃないかと思えてくるんです。死んだ人間だから、自分が誰だかわからなくなって、「私」と言ったり、「俺」と言ったり、「小島」と言ったりするのではないか。一行ごとに自分が誰なのかを忘れるって、もしかすると生きている人間じゃないかもしれない、と。「死者」という概念を使うのはある意味危険なんですけど、正直言って、小島さんの小説の登場人物たちは生きているのか死んでいるのかわからないんです。

ある一節で、四人で会話しているのに五人分の会話がある。明らかにおかしいですよね。五人目は「ノイズ」じゃないですか。だって現世の論理ではありえないことばが出てくるんだから。でも、こういったことは作家の本能から起こっていて、今生きている世界を記述しようとして、その物語を書こうというよりも、物語の形で自分が世界に抱いている違和感を表そうとしていることがあるんです。その存在しない五人目というのが、小説家としての彼が書きたかったことだと思います。「時々、生きているのか、生きていないのかわからない。まさにそう書いた部分があったと思います。「時々、自分が死んでいるんじゃないかと思う」とね。

辻　：これも、生と死の「あいだ」ですね。

高橋：主人公が、自分が生きているのか死んでいるのかわからなくなってくるといえば、古井由吉さん（小説家・ドイツ文学者 一九三七―二〇二〇）の『野川』（講談社、二〇〇四年）もそうです。古井さんが七〇歳近くなって書かれた小説で、野川という近所の川の近くの土手を歩いていると、主人公は、なんだか自分が生きているのか死んでいるのかも、過去と現在の区別もつかなくなってくる。そして、六〇年も前の三・一〇、東京大空襲の記憶が蘇ってくるんです。古井さんは東京大空襲のときに七歳で、病気の父親を置いて母親と逃げて助かった。あの時、実は父親は死んでいたんじゃなかったかな、と思えてくる。だんだん実際に生きている人間と、死んでしまった人間が、当人にもわからなくなってくるので、読者も生者と死者の区別がつかなくなってしまうんです。

　こういった小説がどうしてぼくにおもしろく感じられるのか考えてみると、今、ぼくたちの社会では、生者と死者を明確に区別しようとしているでしょう。死にそうになったら病院へ、死んだらお寺へ。死者は遠ざけられていますよね。

辻　：死者と生者の「あいだ」の領域がなくなり、相互にオーバーラップするような曖昧な部分もないし、コミュニケーションも成り立たない、ということですね。もう一度整理をすると、「雑」の多様な意味のうちの一つが境界に関わるものですね。AでもあるけどBでもあり、AともBとも言えない曖昧な「あいだ」、そしてそのAとBが混じりあってしまう雑然とした状態。「雑」と「あいだ」は切っても切れない関係にある。

高橋：「あいだ」という空間で、いろいろなものが混ざり合って「雑」であることにどういう効果があるかなんですが、「戦後文学」が読まれなくなったのは、ぼくたちが、過去と現在をはっきりと区別するようになったからだと思うんです。区別してしまえば、遠い過去は自分とは関係なくなります。でも、古井さんの小説では、著者である「私《わたくし》」が見ていると、過去と現在と未来が雑然、渾然としてきて、もしかしたら、昨日三・一〇の大空襲があったのではないかと思えてくるんです。

辻：生死だけじゃなく、未来と現在と過去も雑然と混ざりあっているんですね。

高橋：はい、そうです。その時に見えてくる風景が実におもしろい。古井さんの世代って団塊の世代より少し前なので、高度経済成長の時のサラリーマンが多いんです。仕事のしすぎで友人たちが次々癌や過労で死んでいった。戦後ずっと続いてきた経済戦争という名の戦争の死者です。そして、そんな彼らの姿が徐々に、あの戦争で死んでいった兵士に重なって見えてくる。過去も現在も同じ次元で見えてくる。普通、過去と現在がごちゃごちゃになったら混乱するんですが、実は逆に、過去と現在を貫いている共通の何かが見えるんですね。死者の目で見た今の社会は、一九四五年三月の東京といっしょだ、と。

辻：うん、それは逆に迫ってくるなあ。さっきの話の「戦後文学」のリアリズムというのは、あの戦争を絶対化、あるいは神話化して、戦争体験に一種の権力を与えていた。つまり戦争に対して、戦争のない現実というのはもっと下位にある、ある意味低劣なものだと区別しているというわけですね。

高橋：そうです。過去の戦争を忘れて、経済の繁栄だけに懸命になっている愚か者よ、みたいにね。ところが、古井さん自身が死者になってその目で見ると、今の、というより当時のサラリーマンは空襲に逃げまどう人間と同じに見えてくる。

辻　：モーレツサラリーマンと兵士の「あいだ」にあったはずの壁が崩れて、両者の連続性が見えてくる。たとえば、今、話題になっている新入管法ですが、いわゆる外国人研修生とか技能実習生とかいう名の低賃金労働者が一年間に七〇〇〇人以上失踪して、わかっているだけでも一二〇〜一三〇人が死んでいるという。これはまるで戦争のような状況なのに、ぼくらの社会では別次元のことのように扱っています。

高橋：戦争は一九四五年八月一五日で終わって、その戦争を忘れるなっていうのが「戦後文学」。その結果、一九四五年八月一五日以降の「戦争」をないことにしてしまった。

辻　：そういえば、純文学っていうことばがありましたね。「雑」の反対は「純」でしょ。文学の本質は「雑」だって、高橋さんは『「雑」の思想』の後書きに書いていましたね。

高橋：純文学の「純」とはいわゆるピュアのことじゃなく、洗練されたファインアートとしての文学、その「ファイン」という意味の「死」です。「ファイン」や「純」という冠をつけられたとき、文学が失ったものは大きいと思いますね。本来は、という言い方がいいかどうかはわからないですが、想像力が見通す世界の豊かさと複雑さが文学にはあるはずで、これは『「雑」の思想』の中でも言いましたが、現実は複雑だから、複雑なまま描く。当然「ノイズ」混じりです。訳のわからないものになって当然。普通はそこを整頓してわかりやすくまとめてしまう。きちんとわかりやすく整頓してロジカルに、とやって生まれたものはもう現実ではない。現実とは似ても似つかぬ、抽象的な何かです。ぼくは文学に意味や役割、働きがあるとしたら、「ノイズ」、騒音をたてることによって人を驚かすことじゃないかと思うんです。ほんとうは「ノイズ」は世界に満ちている。でも、聴こえなくなっている、聴こうとしない、いや、聴こえなくされている。

辻　：周縁に追いやられ、なかったことにされている。

高橋：そんな体験を実際にしたことがあります。小説に書いたことがあるエピソードなんですが、家の近くのスーパーで買い物していたら、向こうから女の子を連れた母親が歩いてきました。気がつくと、その女の子の顔は「ふつう」ではありませんでした。まるで失敗した福笑いのように目鼻がばらばらについているのです。その親子が歩いていくと、モーゼの眼の前で海が割れるように、わーっと人の波が割れて、みんな後ろもふり返らず逃げていった。今でも覚えていますけど、あっと思ったときには、彼らはもうすぐそこまで近づいてきていた。ぼくは呆然と立ちすくんで、その子の顔を見ていいのか目を背けていいのかわからない。背けるのも逃げるのも失礼、凝視するのもおかしいし、どうしていいかわからなくてものすごく混乱したのです。理解不能な「ノイズ」に巻き込まれたとき、どう対応していいのかわからない自分がいたのです。

女の子は七歳くらいで、母親は三〇歳くらいだったと思います。そんなに疲れた顔の女性は初めて見たと思えるほど、母親は疲れ果てているようでした。ものすごく困難で濃厚な時間を過ごしてきたんだろうと思うしかなかった。実際には、七、八秒のことだと思いますが、ぼくは立ち尽くすしかなかったのです。

もし、そういう人たちが普通に周辺にいたら、みな、対応できて、コミュニケーションもとれたのでしょう。そういう社会なら、こういうことは起こり得なかったはずです。でも往々にして「ノイズ」的なものは社会から隠されています。

辻：我々が押しのけ、隠してきたんですね。だから、まるで「死者」に出会ったかのようにうろたえてしまった。

高橋：隠されてきたものがいきなり目の前に出てくると、人は、どうしたらいいかわからなくなるんですね。もしかすると、文学の機能はこんなふうに人を「棒立ち」にさせることなのかもしれないとも思いました。どんなにすばらしい立派な表現でも、いくらミケランジェロがすごくても、「おー、すごい!」で済んでしまって、棒立ちにはならないでしょう? ぼくたちの「弱さ」や「雑」の研究に、もし共通項があるとするなら、そこに死が隠されているかもしれないって思いました。「弱さ」も「雑」もどちらも死に向かって、死の本質のある部分を担っています。今になって思えば、ポジティブな強さの世界の反対側にあるものを、「これは『雑』だよね、これは『弱さ』だよね」というふうに話してきたのかもしれないな、と。ぼくたちは視点を「弱さ」や「雑」に向けてきたけれど、もしかしたら「死者」とか「死」でもよかったのかもしれない。この社会を成り立たせているものと正反対の側にある、ほんとうは知るべきもう一つの世界を後ろから支えているものに、ぼくたちはにじり寄ってきたんじゃないのかなって思いました。

辻：誰もが死すべき存在として、生まれる前と死んだ後の「あいだ」を、死の方向へ向かって生きていて、本来、生と死は切り離しようもないはずなのに、今ではこんなに切り離されている。そのことと、ぼくたちの「弱さ」や「雑」への問題意識が重なっているというのは大切な指摘だと思います。

高橋：辻さんと一〇年近く、「弱さ」や「雑」の研究をやってきて、フィールドワークをしながら文化や社会を見てきました。「弱さ」では子どものホスピスから「死」も考えました。いろいろ共通するものが見えてきましたよね。

辻：「弱さ」の研究ではたしかに「死」というテーマを意識していたけれど、「雑」のほうではちょっと後景に退いていたかもしれませんね。でも今、高橋さんが近づけ直してくれました。

高橋：「雑」って、ある意味、活き活きとして、カオスみたいなものですからね。

辻：「雑」の反対側にあるのは分類システムであり、還元主義というマインドセット。その意味で、「死」を切り捨て、すべてを生に還元するという社会をぼくらはつくり上げてきたらしい、ということを今の話で、改めて考えさせられました。

パレスチナの「壁」をめぐって

辻：二〇一八年一一月に、初めてイスラエル・パレスチナに行ってきました。衝撃を受けることが多い旅だったんですが、**写真1**を見てください。

美しい写真でしょう。何をやっているかというとピクニック。場所はヨルダン川西岸のパレスチナ

写真1　パレスチナ自治区にて

自治区の中央部、手作りのテーブルを囲んでいるのは、ぼくと同行の二人、それにパレスチナ人が三人。ぼくたちはパレスチナで最初にオーガニック農業やアグロエコロジーという取り組みを始めたサアド・ダゲールさんを訪ねたんですが、彼が連れていってくれたのが、パレスチナ側ではまだめずらしいオーガニック農場なんです。この写真の手前側には畑が広がっていて、パレスチナ人の若者たちが黙々と作業を続けている。そこでこうしてランチを用意してくれたわけです。このサアドに会って話を聞くのが今回の旅の重要な目的の一つだったんです。

さて、写真の上のほうを見てください。丘のほうから町が押し寄せてきていますね。ぼくは一目見た時、これは建物群の津波だ、と思いました。これが、イスラエル人によるいわゆる入植地です。占領している側の人々が占領地内に入植するのは国際法上違反だと非難されながら、ずっと続いてきた入植。ぼくらがこの場所を訪ねた日にも、家や道路の建設が急ピッチに進んでいました。

高橋：写真の左上あたりに見えるのが壁ですか？

辻　：そう、あれが悪名高い分離壁です。丘を越えてやってくる入植地と、こちら側のパレスチナ人の農地との「あいだ」に、イスラエル側が壁を建てたんです。高さは八メートル。写真の左から右までずっと続いていますね。この壁は、ガザ地区みたいにパレスチナ自治区を取り囲むようなものではありません。イスラエル人入植地が、パレスチナ自治区の内側にある日突然つくられると、イスラエル人を守るための壁もつくられるんです。パレスチナ人のオリーブ畑を耕作放棄地とみなして接収したり、時にはもっと強引に、パレスチナ人が居住している村をブルドーザーで破壊したりして、イスラエルは入植地を何十年にもわたってつくり続けてきました。その結果、パレスチナのヨルダン川西岸地区は、そこら中、壁だらけなんです。

高橋：壁だらけの世界って……。

辻：そこで、「壁」とは何かというと、何かと何かの境界を示すものですよね。さっき「雑」の一つの意味が「境界」だと言ったけど、実は、「壁」こそ「雑」としての境界を否定するものなんです。それまであった「あいだ」、どっちつかずの曖昧な領域を壊して、ここまでがA、ここからがBと分割する、まさに分離壁です。

高橋：「あいだ」を壊すものとしての壁。

辻：そうです。アメリカのトランプ大統領（当時）のアイデンティティ（？）の一つとも言えるものに「壁」があるでしょう。アメリカとメキシコとの「あいだ」に建てるという壁。国境に沿ってあるテキサスもカリフォルニアも、もちろんニューメキシコも、かつてはメキシコだったものをアメリカが分捕ったわけで、これらの州にはメキシコ系、そしてさらにメキシコより向こうの中南米出身のラティーノが多いんです。まさにその意味で、国境の両側は雑然たる文化的中間地帯なのに、そこに壁を打ち立てようとするんです。

日本でも、東日本大震災の沿岸の被災地で、防潮堤という「壁」をいくつも見ました。最近行った岩手の漁村では八メートルくらいの高さがあって、そこは漁港なのに目の前にある海が見えない。ある若い漁師に聞いてみたら、「あの日のことを思い出さなくてすむから、海は見えないほうがいいんじゃないか」と言った。これにはショックを受けました。ぼくは「自然と人間との分離」をずっとテーマにしているから、あの防潮堤は海をなきものにしているような気がしてね。人間の意識から海が消えてしまえば、事故を起こした福島の原発からの汚染水を海に流すのだって平気ですからね。

壁というものは、こんなふうに世界にいろいろな形態があるわけです。物理的に立っている壁だけじゃなくて、心理的な壁まで入れたら、まさに世界は壁だらけ。心理的な壁というのは、現実にはどっちつかずの曖昧で雑然とした状態に、心の中で壁をつくってAとBの間に線を引いて落ちつこうとする。AとBの間につくられた壁は、両者の「あいだ」にあった豊かな「雑」の世界を消し去ってしまうというわけです。

高橋：心の中の「雑」や「あいだ」を壊すものとしての壁、ですね。

辻：イスラエルとパレスチナについて、よく使われる四つの地図を見てください（**地図1**）。

最初の地図は一九四六年で、イスラエルという国が一九四八年に建国される前です。白く虫食いのように見えるのがユダヤ系の人々が住んでいた地域で、その頃はナチスドイツの敗北後、ヨーロッパから続々とユダヤ人難民が「父祖の地」にやってきていました。

二番目が、イスラエルの建国のための国連の分割案。一挙にパレスチナを半分以下に縮めてしまうという案で、これを受け入れないパレスチナ・アラブ諸国側とイスラエル建国の側とが戦ったのが一九四八年の戦争です。

三番目が一九六七年の戦争までの地図で、黒いのがガザとヨルダン川西岸という、いわゆるパレス

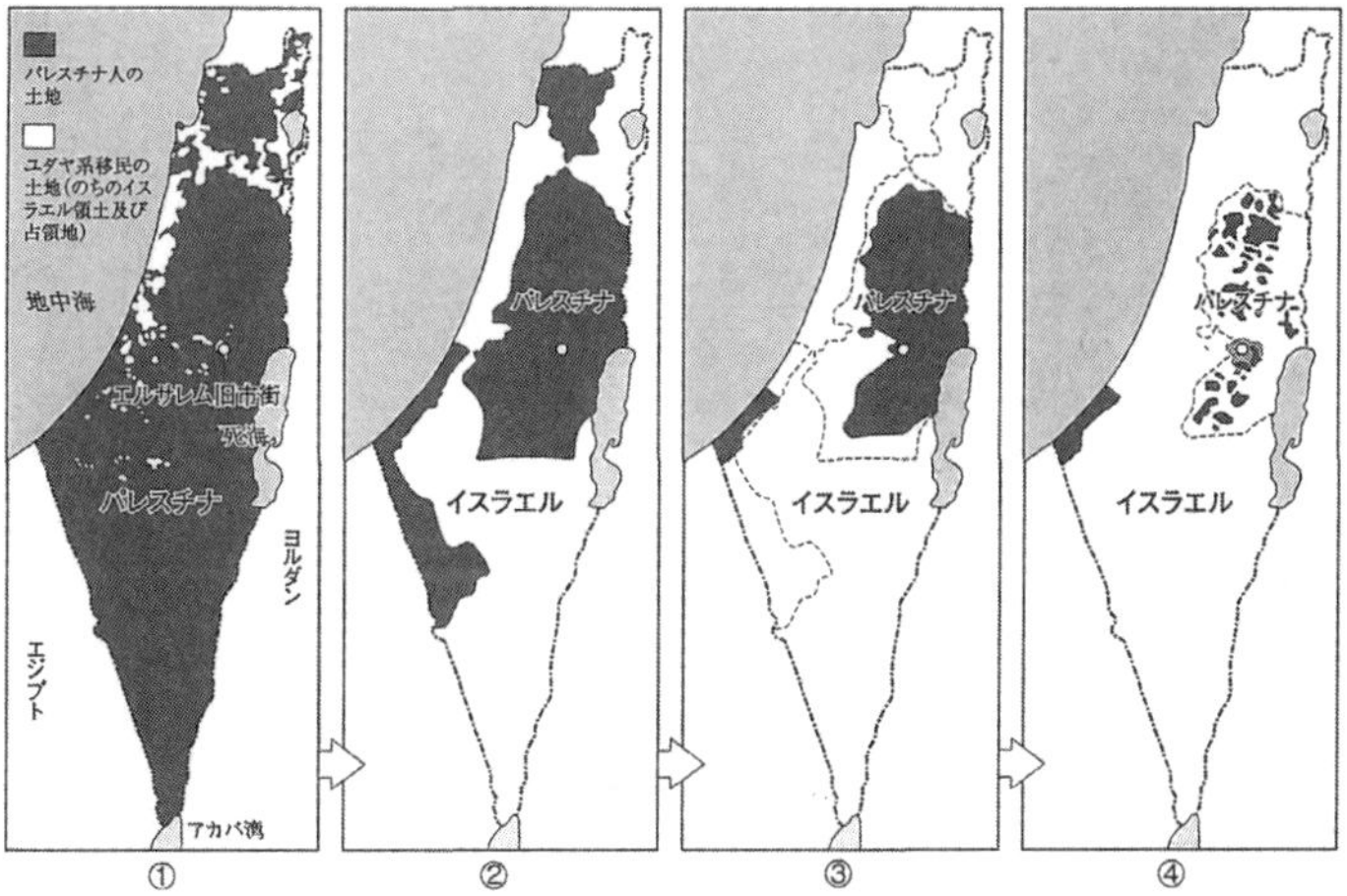

左から①イスラエル建国以前（1946年）、②国連分割案（1947年）、③第一次中東戦争後（1949〜67年）、④オスロ合意後（1993年〜現在）の地図。パレスチナ人の土地（黒）が、時代とともにどんどん小さくなるのがわかる。

地図1　縮小するパレスチナ人の土地

チナ自治区ですね。

最後がオスロ合意後、現在にまで至る地図です。オスロ合意というのは、一九九三年に当時のイスラエルのラビン首相とPLO（パレスチナ解放機構）のアラファト議長が調印したもので、基本はパレスチナがイスラエルを国家として、同時にイスラエル側もPLOを自治政府として相互に承認するというものでした。でも、まもなくラビンが暗殺され、現実にはイスラエルによる入植がどんどん進み、なし崩し的にパレスチナ政府が支配している場所は小さくなった。両者の色分けが最初の地図と真逆になっていますね。現在では、これ以上に西岸地区内のイスラエル人入植による虫食いは進み、自治というのは名ばかりになっているのが実情です。

ぼくの友人で、非暴力平和運動のリーダーであるサミ・アワッドは、エルサレムに住んでいたおじいさんを一九四八年の戦争で亡くしています。戦争前、子どもだった彼のお父さんは、いつも近所でいろんな民族、キリスト教徒、イスラム教徒、ユダヤ教徒の子どもたちといっしょに遊んでいた。互いを区別しながらも、混然、雑然と生きていた。境界とはそういうものだった。しかし今では、ガザに住むおじさんやおばさんたち親族と、西岸地区に住むサミは、もう何年も会うことすらできないのです。

第1章でも話しましたが、日本に住んでいるイスラエル人の元兵士で家具職人のダニー・ネフセタイによると、彼がイスラエルに住んでいた頃は誰もが自由に西岸地区やガザに行けたそうです。ユダヤ人でも普通に買い物したり、パレスチナの人々と付き合うことができた。一九六七年の戦争の後でも、イスラエルとパレスチナの境界とはまだそんなふうに両者が混じり合う曖昧な領域でした。両者は顔の見える関係だったし、お互い、どんな暮らしをしているかが見えていました。

パレスチナ人は、世界中いろんなところに散らばっています。イスラエルの「国内」に六〇〇万、他の国々に七〇〇万、近隣の三国だけでも三〇〇万人以上、これはイスラエルとの戦争によって出た難民です。まるで昔のディアスポラのユダヤ人のようですね。そのユダヤ人の国イスラエルが今では難民を生み出す側になっているわけです。

ヨルダン川西岸を訪ねる者が行ってすぐに覚えなくてはならないのが、A、B、Cというエリアの区別です（**地図2**）。エリアAは、一九七〇年代以降、パレスチナの支配地域と認められているところで、人口が集中している市街地です。次のエリアBは共同管理地域で、エリアCは西岸地区の中なのにイスラエルが支配している領域です。近年、エリアAとエリアBがどんどん縮まってしまって、

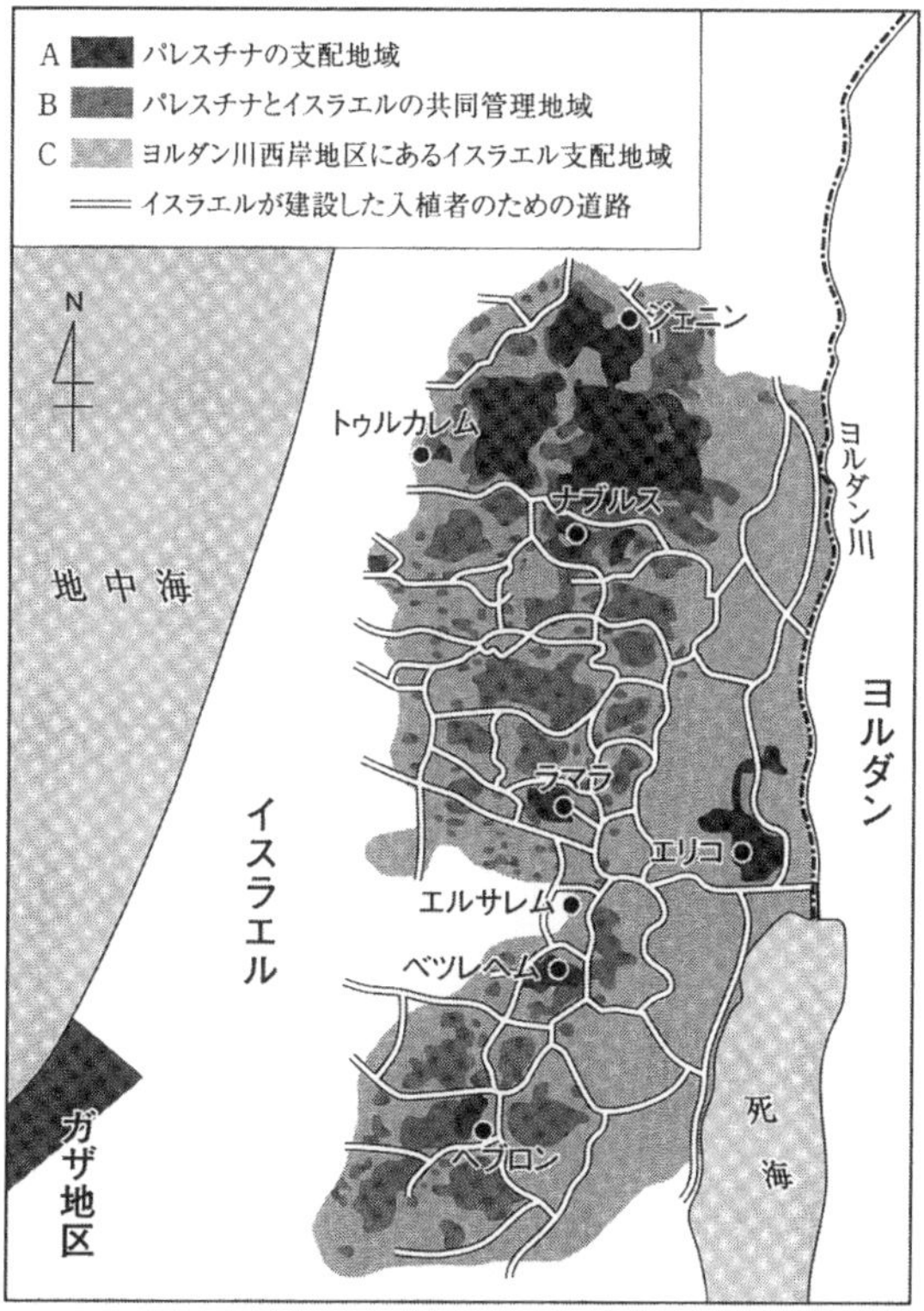

地図2　ヨルダン川西岸地区のオスロ合意によるエリア分け

写真2
イスラエル側に立つ看板

今では九〇％近くがイスラエルのフル・コントロール（支配地域）だといわれます。

これを進める方法の一つが入植で、全世界から呼び寄せられたユダヤ系とみなされる人たちが、イスラエルに来れば非常にいい条件で立派な家がもてるというので、やってきます。その結果、都市が津波みたいに丘を越えてできて、それを囲んで壁がつくられていく。そして入植地のために道路が縦横無尽に張り巡らされ、いたるところにチェックポイントが置かれます。

西岸地区のパレスチナ人は、人生のかなりの時間をこのチェックポイントで過ごしています。どこに移動するにも長い時間をかけてチェックポイントを通らないといけない。このことが会話の中にも実にしょっちゅう出てくるんです。笑い話のタネにもよくなる。通勤している人は毎日長い列に延々と並び、大きな銃をもった自分の子どもや孫みたいな若いイスラエルの兵士のチェックを受けたり、嫌がらせを受けたり、屈辱的な経験を毎日のようにしています。パレスチナで作られた映画やパレスチナ問題を扱った映画にも、壁とチェックポイントがよく出てきます。まるでそれが主題だというくらい頻繁に。

高橋：壁とチェックポイントで多くの時間を費やす人生ですか。

「壁」の両側の違い

辻　：写真2を見てください。これは、イスラエルの側からエリアＡへのチェックポイントの手前の道路脇に、ひときわ目立つ大きな赤い看板です。「イスラエル市民によるこの先への進入は法律で禁止されている」「Dangerous to Your Lives」、「いのちが危ない」と書いてある。これがイスラエル側に向いているわけです。このイスラエル人向けのことばを見ながら、パレスチナ人はエリアAに入っていくわけです。そのことについて彼らに訊くと、ニヤニヤ笑いながら「まあ、ぼくらは恐ろしいテロリストだからね」なんて冗談めかして答える。「この先、猛獣が放し飼いになってるから入るな」みたいな印象の看板なんです。まあ、大多数のイスラエル人はエリアAに近づくこともないし、この看板なんか見たこともないわけですが。

チェックポイントを通って壁の両側を行き来しているのはほとんどパレスチナ人です。イスラエル人は、壁のあっち側には行かないからこっち側だけしか知らない。壁で相手を追い詰めている側が、その壁の向こう側については無知で、想像力も涸れて相手のことがわからなくなっていく。当たり前のことですが、行ってみて、壁には両面があるんだってことに気づかされたんです。イスラエル支配地域の側はただの灰色の壁なんだけど、パレスチナ側にはグラフィティから壁画までいろんな表現があって、まるで壁がキャンバスのようになっています。「MAKE LOVE, NOT WAR」をもじって「MAKE LOVE, NOT WALL」とか、なかなかユーモアに溢れている。

ベツレヘムは特にウォールアートがおもしろくて、インティファーダという二度の実力抵抗運動をリアリスティックに描いた壁画（**写真3**）も迫力ありますが、バンクシー（英国を拠点とする匿名のアーティスト。作品は世界各地の壁や橋梁等に残されている）とそのチームが造った「ウォールド・オフ・ホテル」の近くの壁には所狭しと、世界各地からやってきたアーティストによるグラフィティアートが描かれています。壁自体がまるでミュージアムのようで、ずっと見ていても飽きないんです。たとえば、壁の真ん中に穴があけられたように空が描かれていて、その前にはハンマーをもった人形が立っています。また、壁の上方に隙間ができているところには、天使たちが壁を左右に引っ張っている様子が描かれていたり。

「ウォールド・オフ」というのは、壁によって向こう側に追いやられるといった意味ですよね。このホテル、けっこうな高級ホテルですが、おしゃれでブラックなユーモアが満載です。入口にはベルボーイ役のチンパンジーの人形がいて（写真4）、入ったところがカフェバーになっていて、壁にはバンクシーや仲間たちのものと思われる作品がずらりと並んでいる。奥は「占領博物館」で、二階から客室になっていて、最上階にあるバルコニー付きの部屋は一泊一〇〇〇ドル。その部屋の名前がふるっていて「世界で一番眺めの悪い部屋」。というのは、そのバルコニーから見えるのが壁、そして分断されている両側なんです。

高橋：そこに誰が泊まりに来るんだろう？

辻　：世界各地から来るらしいですよ。それも、かなり先まで予約でいっぱいだって（笑）。このホテルは観光の名所で、かなり地元の経済に貢献していることはまちがいありません。イスラエルとしてはかなり腹立たしいはずですけど、相手が何しろバンクシーですからね。そういえば、たしかこのホテルの近くにトランプ大統領の壁画がありました。壁のところどころにイスラエル軍の見張り塔が立っているんだけど、その壁のトランプ大統領は、見張り塔の一つに熱烈なキスをしている。そんな時事ネ

写真3　パレスチナ側の壁に描かれた絵

写真4　壁の真向かいにあるウォールド・オフ・ホテルの入口

タもあって、壁は新聞みたいな役割もしているようです。

高橋：まさに壁新聞（笑）。

辻　：こうしてみると、分離壁というものがアーティストたちの想像力をかきたてて、そこからまるで泉のようにいろんな表現が湧き出している。もう一つ気づくのは、イスラエル側からは壁の向こうがますます見えなくなっているのに、パレスチナ側からは壁の向こうも含めた世界がますますはっきりと見えるようになっているという、不思議な構造なんです。

壁はAとBの間に立つわけですが、Aの側とBの側に起こることは質的に違いますよね。壁をつくっているのはイスラエル側で、繁栄していて金持ちなのはそっちなんです。イスラエルの一人当たりのGDPは日本よりも上だそうです。エルサレム自体が、イスラエル側の西エルサレムとパレスチナ側の東エルサレムに分かれていて、貧富をはじめとする格差がどんどん開いています。エルサレムからパレスチナ人を完全に追放することを現イスラエル政権は考えていて、それを後押ししているのがアメリカのトランプ政権です。エルサレムをイスラエルの首都として承認するとか、アメリカ大使館をそこへ移転するとか、乱暴なことをやっていますね。

壁をつくる人たちの側はたしかに栄えていて、向こう側はたしかにいろんな意味で追いつめられ、苦しくなっていって、パレスチナの状況は絶望的に思える。その絶望的状況をイスラエルの権力者たちは意識的につくってきて、今後もさらに進めていこうとしている。では、最終的にはどうしようというのか？

見えない壁に追いつめられているのはどちらだ？

辻　：そこで最初に紹介したサアド・ダゲールに話を戻すんですが、彼に教えてもらったんです。イスラエルで日常的に使われているアゴラ硬貨には「大イスラエル」の地図が描いてあって、近隣の国々はもちろんイラン西部やエジプト東部、サウジアラビア北部まで包み込んでいる。つまり、イスラエルの現政権は壁でこちら側を拡張していって、向こう側を追いつめて、しまいにはなくしてしまう、ということを考えている。この地図はイスラエルの国会議事堂の中の壁にも描かれているそうです。そういう大きな夢に向けてイスラエルは着実に前進しようとして、その意味で分離壁はとてもうまくいっていることになります。多くの人がそういう印象をもっているし、普通はそういう理解をする。でも、もうちょっと深く考えると、イスラエルという国家をもったユダヤ人は今、これまで経験したことのない、ある深刻な危機を迎えつつあるという気がしてきたんです。

高橋：ユダヤ人の深刻な危機ですか？

辻　：ええ、あれほど世界各地に優れたユダヤ人が輩出していたのに、ディアスポラで世界各地に難民として散らばり、行く先々で迫害されたり、差別されたりしてきました。社会的な壁で隔てられたり、時には実際に四方を壁に囲まれた「ゲットー」と呼ばれるエリアに封じ込められたりして……。それが今、自分たちの国家がつくる壁でパレスチナ人を閉じ込め、追放する側に立ってしまった。精神的、文化的な劣化が起こっているとしか思えないんです。

高橋：精神的、文化的な劣化ですね。

辻　：壁をつくることによって、つくった側の彼らは向こう側が見えなくなり、向こう側の現実を想像するような想像力も枯渇してしまった。そういう無知、無気力、無関心が生み出されているのではないかということです。壁の始まるエルサレムから六〇キロ以上離れた地中海沿いの都市テルアビブは、どう見てもアメリカの西海岸かフロリダのようなグローバル都市になっていて、物質的には豊かでも、文化的には「砂漠」なんじゃないかと感じました。

壁をつくった側にある種の衰え、劣化が進行する一方で、壁に追いつめられているはずの側には逆に、文化的、精神的なレベルの深まりのようなものが起こっているのではないか、というのがぼくの直感です。壁は逆説的な効果を発揮する。ぼくが会ったパレスチナ人たちはみな知的でやさしくて、ユーモアに富んでいる人ばかりでした。

サアド・ダゲールに話を戻すと、彼は「バカげた大きな夢」が自分の人生を支えている、と言うんです。たしかに、入植地が津波のようにこっちへ向かっていて、脅しのためのゴム弾がバンバン飛んでくるようなところでオーガニック農場をやっているなんて、まるでドン・キホーテのようです。でも、サアドは確信をもっています。武力を背景に、金に任せて都市を砂漠の真ん中につくっていくようなイスラエルのやり方には未来がない、と。同時に、それに武力やお金で対抗しようとするパレスチナ側の指導者のやり方にも未来はない。どこに未来があるのかと言えば、それは「肥沃な三日月地帯の再生だ」というわけです。

さっきの「大イスラエル」というのは国家的な夢の話ですが、それはまさに、かつて「肥沃な三日月地帯」として知られた地のことなんですね。一万二〇〇〇年前の農耕発祥の地であり、文明発祥の地であり、ユダヤ教、キリスト教、イスラム教発祥の地でもある。そしてそれらは皆、この地が古代から「肥沃な三日月地帯」と言われるように豊かな大地だったおかげです。しかし今では、その大部分が砂漠になっている。どうしてその肥沃さは失われたのか。それは土を酷使し、木を伐り、水を浪費してきた人間の活動が原因で、だからこそ宗教、民族、国家を超えて、伝統的な知恵や技術を再生し、アグロエコロジーを実践し、保水に努力を傾注すれば、この地域の古代の肥沃さはきっと取り戻せる。気候危機をはじめとした現代文明全体の危機は一見絶望的だけど、危機を超える希望があるとすれば、それは、人類が砂漠化してきた土地を肥沃なものへとつくり変え、緑の大地を蘇らせることだろうと、サアドは考えているわけです。

高橋：それはすごいことですね。

辻：サアドが家族でやっている農場に行ってみたら、看板に「ヒューマニスティック・ファーム」と書いてありました。「人間らしい生き方、人間らしい畑ってなんだろう」という彼の問いへの、これが答えなんですね。あまりにもちっぽけで、慎ましくて非効率的で、彼の生き方もあまりに理想主義的でロマンティック過ぎると思われるかもしれないけれど、ぼくは感動してしまったんです。彼は、畑でサソリを見つけると、つまんで空き地までもっていって放してやる。サソリは見つけたら殺すのが当たり前らしいけど、彼は、「ぼくはサソリすら殺せないダメな百姓です」と言って笑う。ヒューマニスティックの意味は、人と自然の「あいだ」に立ててきた壁を取り払うということなんです。

自然界と調和して生きるという意味のヒューマニスティックな生き方からすれば、国家や民族や宗教の間の壁は、ほとんど意味がない。温暖化とか気候変動みたいな人類史的な、いや地球史的な危機を前にしてみれば、サアドたちの生き方のほうが現実的で、逆に、地下水を独占しながら砂漠に無理やり都市を建設し続けるようなイスラエルのプロジェクトこそが幻想だと思いませんか？

高橋：そう思います。

辻：でも、イスラエルがやっていることは、世界中のいわゆる勝ち組が皆やってきたことを、もっとむき出しにしただけなのかなとも思うんです。日本だって、沖縄にしても、北海道にしても、そこに物理的な壁があったかどうかは別にして、同じようなことをしてきたわけでしょう？　占領、入植、併合……。壁をつくって拡張していくやり方を行い、今もその延長線上にある。そう考えると、グローバル経済も一見、壁を取り払うように見せかけているけれど、実は壁を地球全体にまで押し広げていって、しまいに向こう側を消滅させてしまうという大プロジェクトだとも言えるんじゃないでしょうか。

最初のピクニックの写真をもう一度見てください。壁のこちら側には砂漠を肥沃な大地に再生させようという人々の営み、壁の向こう側には砂漠に都市を建設しようというプロジェクトがある。そこでぼくたちは問う。ぼくらってどっち側なんだろう？　中村哲さん（医師、ペシャワール会現地代表 一九四六―二〇一九）がアフガニスタンの砂漠から問い続けてきたのも、そのことだったのではないかと思うんです。あのピクニックはまさにその狭間、「あいだ」での瞑想だったわけです。

高橋：日本でも、政府が水の民営化やタネの民営化へと突き進んでいますよね。

辻　：そう、パレスチナ問題は他人ごとじゃないんですよね。イスラエルでも、パレスチナを支配するためにもっとも重要なのは水を支配することなんです。そうすれば食物のタネを支配することになって、パレスチナの人々がいくら抵抗しても、生存のベースを押さえられてしまうから依存せざるを得ない。これこそがイスラエルによる占領の残酷さです。

そういうひどい状況の中、多くのパレスチナ人が農業を捨てそうになっている時に、ダゲールとそのもとに集まってきている人たちは、少しでも自給率を上げていこうと働いているわけです。少ないとはいえ雨は降る。植物があるからタネはとれる。微生物がいるから土を肥やしてくれる。こうした自然界への依存こそが基本で、伝統的な考え方であり、アグロエコロジーである。そこにこそ希望がある、というわけです。

「雑」が「あいだ」をつなぐ——敗者の思想

高橋：パレスチナの映画を何本か観たことがあるんですが、いい作品が多いですよね。何がいいのかというと、出てくる人たちが複雑なんです。『オマールの壁』（ハニ・アブ・アサド監督 二〇一三年）も抵抗運動を描いていますが、組織を裏切る人間が出てきたりして結局、彼らは負けてしまう。力関係が千対一ぐらいだから、どうしたって負けるんです。いくら抵抗しても最後には崩れ落ちていくということが、パレスチナ映画の一つの基調になっています。

辻：一人の人間がすごく揺れて、矛盾を抱えて葛藤する。たしかにそういう映画が多いですよね。

高橋：強固に抵抗していたはずの人間がいつのまにか脱落していたり、裏切ったりすることがリアルに描かれているんです。負ける人たちを克明に描いている。辻さんとの共同研究で、「弱さ」「雑」「あいだ」と追ってきましたが、その中に「負ける」というテーマもありましたよね。文化人類学者の山口昌男さんが書いた『「敗者」の精神史』（岩波書店、一九九五年）という本は画期的なものでした。基本的には明治維新のとき幕府は負け、社会システムは勝った薩長政府がつくったけれど、明治の文化は負けた幕府側出身の人たちがつくり上げたというんです。官僚や軍隊は薩長が押さえたけれど、幕府方のインテリたちは、教育界とか文化芸術方面に向かいました。学者も多くが幕府についた藩の出身です。山口さんは、「負けた側は文化にいくしかない」と書いています。

そういう視点で見ると、漱石の『坊ちゃん』も同じなんですよ。乳母の清《きよ》の出身は幕府の武士の家で、坊っちゃんと理解し合う数学教師「山嵐」も会津藩出身なんですね。実は『坊ちゃん』を詳しく読んでみると、好意的に描かれている登場人物は明治維新のとき幕府方だった藩の出身者で、貶されるやつは薩長側なんです。そういう読み方の視点を、当時の人間はもっていたと思います。ぼくたちにはもうそういう視点がないから、山嵐が会津出身といってもその意味がわからない。坊ちゃんに親切な下宿のおばさんも幕府方の藩の出身で、そういうふうに敗者側が文化の土台をつくっていったんです。
鶴見俊輔さんが専門にされていた「プラグマティズム」という哲学が生まれたのも、南北戦争の後のアメリカ南部ですよね。南北戦争敗北の後、南部側の者たちがつくり上げた哲学だと、鶴見さんの本に書いてあります。南部の人たちは戦争でも負け、北部が奴隷解放を成し遂げたという伝説、あるいは神話によって正義の面でも負けてしまった。実は奴隷解放の正義は表面的なことで、ほんとうは北部の工業地帯、そこを支配している資本家たちの側にとっても奴隷解放は意義があった。きれいごとや人権の問題からというより、資本主義的な要因があったわけです。けれど、歴史を書くのは勝利者ですから、南部は一方的に「奴隷制の擁護者」とされてしまった。とはいっても、北部の「正義」はほんとうに正義なのか、そもそも客観的な正義などというものがあるのか。正義というもの、それに連なるあらゆる原理主義を疑ったのがプラグマティズムです。そんな哲学を産み出したのは、やはり「敗者」だったんですね。

辻：そういえば鶴見さんはよく言っていました。彼はパールハーバー（真珠湾攻撃）の後、アメリカで検挙され、戦中に捕虜交換船で、いわば捕虜としてアメリカから日本に戻されるわけですが、自分が生きているうちは二度とアメリカの地を踏まないと。なぜかというと、アメリカは勝者だから、その勝者の側に自分は立たないということなんです。ぼくはカナダで鶴見さんに出会ったんですが、アメリカの友だちが会いたいと言うと、カナダとの国境まで来てもらって会っていましたよ。

高橋：徹底していますね、その態度。負ける、敗者になるというのは、さっきの比喩で言うと、いわば死者の側に属する、ということです。そして、彼らには現実的な力がないので考えることしかできない。たとえば、フランスは戦争で勝ったのか負けたのかが微妙なところで、ヴィシー政権はナチスドイツと結びついてレジスタンスを弾圧しました。その意味では、フランスはあの戦争で、実は「負けた」のです。だとするなら、戦後生まれたフランスの実存主義も、いわば敗者の哲学だったと言えます。だから、負けるということが産み出すものがあるということです。

辻：負けから生まれる、もしかしたら多くのものがそうかもしれません。

高橋：アメリカは二つの世界大戦では勝った側だったから、アメリカが重要な文化を産み出せたのは、たとえばベトナム戦争後のアメリカ映画や南北戦争後のプラグマティズムです。負けた要素があるとき初めて、ある種の複雑さが生まれてくるんですね。もちろん、サリンジャーも「戦争文学」ですが、そこに「勝ち組」の奢りはありません。勝った側においてすら、戦場では死に直面する、「負け」を理解する者もいるのですから。

辻：ユダヤ人はずっと迫害され続けて、壁で隔てられたゲットーの中に押し込められたりして、負け続けてきた。そして、古代以来最初に勝った戦争が一九四八年のイスラエル独立戦争だったわけで、政治的、軍事的な権力を握ったけれど、精神的、文化的には急降下していったのかもしれません。

高橋：彼らの二〇〇〇年間の英知はどうなったんでしょうね。あれだけたくさんの哲学者を生んできたのに……。それがある意味、ここへ来て逆転して、パレスチナ映画を観ると、彼らの状況は生きていくことさえ厳しく、「人間である」というぎりぎりで生きているんですが、そこには絶望だけではなくて、敗者がもっている力を感じることができます。

辻：敗者がもっている力とは何か？　「弱さの研究」に戻ったみたいですね。

高橋：そう、ぼくたちは「弱さの研究」の中で、「弱さの力」というようなことも言いました。それは人間がもっている根本的な能力の一つだよね、と。「負け」とか「死」とか「弱さ」というのはネガティブなものではなくて、そこから反転して、そこを通過して生まれてくるものがあるのではないのかというのが、「弱さ」や「雑」の研究から生まれた考えです。ぼくは作家なので、ぎりぎりまで押し込められたところから生まれてくる英知みたいなものを信頼したいと思っています。そういう希望をパレスチナの映画を観て感じるのです。ものすごく暗いというよりも、その結果、そこに一人の人間が立っている。他の国の映画ではなかなか観られない風景がそこにありますね。

辻：なるほど。

高橋：辻さんとぼくの研究は、通常ネガティブと言われている「弱さ」とか「雑」とか「死」、「敗北」だったり、人間にとってネガティブなことや、あってはならないと言われているようなものが実はそうではないと発見することを積み重ねてきたと思うんですが、もしかしたらそれは常識なのかもしれないですよね。

辻：常識、ですか？

高橋：即物的な言い方をするなら、死がなければ生はないわけですから。

辻：元は常識だったものが失われているということですね。そういえば、ぼくらが共同研究を始めたのは

3・11の少し前ですけれど、高橋さんが机から離れてフィールドワークに行くようになったのは3・11の後で、もともとそういうタイプじゃなかったですよね。

高橋：机からまったく動かない人間だったのに（笑）。

辻　：だから、高橋さんの3・11以降の動きはとてもおもしろかった。『弱さの思想』と『「雑」の思想』にはそれがよく表現されたんじゃないかと思っているんです。

高橋：きっとそれは、机の上や本の中にある豊饒さみたいなものを、ある意味で確認するための手段だったような気もしているんです。外へ出ていった結果、やっぱりことばなんか意味がないとか、本を書いている場合じゃない、とはなりませんでした。外へ行けば行くほど、ことばの豊饒さ、可能性があるんだと確認できた。動いてよかったです。

辻　：ぼく自身はずっと自己流のフィールドワークをやってきたので、高橋さんが全然違う視点からフィールドに関わっていくのが刺激的でした。フィールドワークと言えば、亡くなられた石牟礼道子さんについて、最近、高橋さんが発言されているのを読んで、そこでも「弱さ」や「雑」、「あいだ」がキーワードになっていると思わされたんです。

高橋：コミュニケーションとか「交通」ということばがありますが、思わないものが思わぬつながり方をしていくことがありますよね。「壁」がつながりを壊していくものだとしたら、ぼくたちは逆に、つながっていなかったものをつなげていくことで対抗していかなければならないと思うんです。石牟礼道子さんの『苦海浄土』には、いろいろすごいところがあるんですが、その一つは方言を使っていることです。それは標準語を選んできた日本近代文学へのアンチテーゼなわけですね。近代文学は明治二〇年代頃、東京下町のことばをベースにしてつくった口語的散文から生まれ、教育によって広まっていった。日本近代文学は日本資本主義の先兵でもあったわけです。だから、中央が支持している標準語の散文に対してローカルなことばを使って書くことは、中央あるいは国家への対抗そのものなんですね。

本の中に、胎児性水俣病の「杢《もく》ちゃん」(杢太郎少年)という子が出てきます。その「杢ちゃん」は何を言っているのかよくわからない。彼のことばも「ノイズ」です。もはや方言ですらない。猫田道子さんの小説と似ていて、その向こうに行くと死んでしまう、ぎりぎりの場所から出てくる呻《うめ》きのようなものです。

辻　:『苦海浄土』というぐらいですから、生者と死者の世界が混ざり合っていますよね。

高橋:「浄土」っていうと遠くにあるイメージで、ぼくたちは、浄土が「この世界」ではなく向こう岸にあるものだと思っていました。ところが、『苦海浄土』の中ではそうではないんです。杢ちゃんは仏さんだと、おじいちゃんは言う。「仏さんはここにおるぞ、生きてここに」。じゃあ、その「生きている仏さん」は何をやっているかというと、「ノイズ」を発してよだれを垂らしているだけ。『苦海浄土』の中心にいる存在は「ノイズ」に満ちて、何を言っているのかわからないものなんです。そんな「杢ちゃん」を拝むところが『苦海浄土』のクライマックスです。一応、仏さんと言っているから仏教なのかもしれないけど、その場面には祈りだけが存在している。「ノイズ」に向かって懸命に祈り、そのことで浄土が目の前に、遠いものが近くにある、という混乱が起こっている。
いわゆる近代文学では、宗教や政治や社会がきれいに分かれて描かれていました。はっきりと線が引かれて、誰にでもわかる別々のものになって互いに対抗していたというか、対抗しているふりをしていた。でも、現実はそんなにきれいに分かれているのか。ここに描かれているように、現実はもっとわけのわからないどろどろした何か、雑然としたものでしょう。石牟礼さんが「杢ちゃん」に抱きつかれるシーンがあって、ぐにゃぐにゃの軟体動物みたいに感じる。そこが、ぼくは大好きなんです。死者みたいな「杢ちゃん」に抱きつかれて、境界が揺らぐ。そして生者と死者、この世とあの世、そんな区別がなくなった懐かしい世界が現れる。それはもしかしたら、ぼくたちみんなの故郷なのかもしれません。

辻　：ぼくたちみんなの故郷、懐かしい世界。科学技術がつくる壁や分類体系すべてを溶かしてしまった場所ですね。

高橋：どうやってそれを溶かすか、ですね。今の文学はシステマチックに、その壁の共犯者となっている部分もあります。システマチックにことばが使われる時代は、ことばは商品としての特性を強調されます。商品はわけがわからないと困りますからね。

「あいだ」と自由──自由主義を超える新しい保守主義

辻　：最後に、ぼくにとって「あいだの研究」での大きなテーマとしてずっとあった「自由」と「自由主義（リベラリズム）」について少し話をさせていただきます（第1章「『自由』をキーワードに」参照）。自由については、ぼくたちの共同研究でも、去年の秋（二〇一九年）にゲストとしてお呼びした中島岳志さんや國分功一郎さん、そして田中優子さんとも、少し議論しました。「新自由主義」という思想が広まり、支配的になった現代世界で、自由主義、そして「自由」という概念そのものが、もともと孕んでいた危うさが、ますます表面化してきていると思います。特に問題なのが、これも前に話したことですが、新自由主義という考え方に典型的に見られるように、経済的な自由と、民主主義や公正、平等、さらに平和といった近代の基本テーマとの「あいだ」の矛盾がますます深まっていることです。

世界のあちこちで、「自由をとるか、民主主義をとるか」とも言えるような政治的選択を迫るような事態が起こっている。日本でも、世界の多くの国に比べて、一見目立たないようですが、実は着々と民主主義の危機がいろいろな形で進行しているように見えます。それへの意識や反発力が弱い分、目立たないだけだと思う。そこで、この危機に向き合って、ぼくらが内面化し、慣れ親しんできたリベラリズムを一度根本から見直す、そして超えていくことが必要になっているんじゃないか、ということです。

三つのテーマをめぐってやってきた共同研究で、高橋さんとはこれまでも民主主義について話をしてきましたよね。民主主義の本質としての「弱さ」、「雑」、そして「あいだ」（第4章「民主主義とことばと『あいだ』」参照）。こうしたこれまでの議論がきっと役に立つ。特に、民主主義の「あいだ性」ということをすぐ横に置いて、自由の問題を考えていくことが大事だと思うんです。

アメリカをはじめ、世界のあちこちで自由と民主主義の「あいだ」の亀裂が深まっているということで多くの人が心配しているわけですけど、考えてみると、これまで自由と民主主義がまるで兄弟のように一体のものとして考えられてきたことのほうが不思議なのかもしれない。日本の政治を支配してきた政党の名前もそうだけど、自由民主主義（リベラル・デモクラシー）こそが世界の主流であるというのは、少なくとも冷戦以降は〝常識〟みたいになっていましたよね。でも、現実のほうがイデオロギーを壊し始めていて、この常識がもう通用しないようになってきた。

ちょっと先回りして言えば、民主主義が本質的に「あいだ」性をもち、デヴィッド・グレーバーふうに言えば、「あいだ」から現れ、「あいだ」の中でだけ生き生きと保たれるというようなものだとすると、一方の自由主義はシステマチックに「あいだ」や「関係性」を壊していくことによって成り立ってきた。「反・あいだ」を本質としているのではないか、ということです。

ぼくの場合、エコロジストとして環境運動に長く関わってきて、ずっと関心をもって見てきたのが、人間と風土、地域生態系との「あいだ」が破壊されること、そして人間どうしのつながりとしてのコミュニティが崩壊してゆくこと、都市に集中した人々がますますバラバラに孤立していくということ、などです。その三通りの「間柄」の破壊が絡みあうようにして起こっている、というところが肝心だと思います。どうして絡みあうかと言えば、それはその背景に同じ一つの巨大な力が働いているからだ、それがグローバル資本主義であり、そのイデオロギー的な背景としての新自由主義だ、と考えています。それで、最近は「グローバルからローカルへ」というローカリゼーションの運動や、森とコミュニティの保全や再生のための運動などに関わっているわけです。エコロジストはよく「保全」や「保護」や「再生」を主張するわけで、本質的にリベラルというより、保守的なんですね。

欧米でも日本でも、政治的な対立はこれまで普通、「リベラル」対「保守」という構図で見られてきた。それで何かわかったような気になっていたし、メディアはまだその構図で話を続けているけど、でも、よく見れば、それはもうまったく通用しなくなってしまっている。右にも左にもリベラリズムが浸透していて、ひと昔前の「保守」はもうほとんど見当たらない。日本では開発から構造改革まで〝進歩的〟な役割を保守政党であるはずの自民党が先頭に立ってしているし、左寄りと言われる人たちも、リベラルのあり方をめぐって右寄りの人たちと競っているようです。アメリカの状況はもっとはっきりしていて、保守であるはずの共和党とリベラルであるはずの民主党が、ともに経済的自由主義を奉じ、規制緩和、グローバル化、経済的格差の拡大や正当化のために働いている。今や左派と右派は、セクシュアリティやライフスタイルなどのパーソナルな自由に対する態度が違うくらいです。日本も急速にそこへ向かっているようですが。

じゃあ、本来の保守思想が守ろうとしていたのは何かと言えば、ひとことで言うと、さっき言った三つの「間柄」に代表される「あいだ」です。

このあたりのことは、中島岳志さんが丁寧に整理してくれていますよね（『「リベラル保守」宣言』、新潮社、二〇一五年）。自由主義やリベラリズムということばを見直していくときに、これまで保守主義というカテゴリーに入れられてきた人たちの思想が重要になってくる。たとえば、保守思想の父と言われるエドマンド・バーク（アイルランド生まれのイギリスの政治思想家 一七二九―一七九七）、G・K・チェスタトン（イギリスの作家 一八七四―一九三六）、オルテガ・イ・ガセット（スペインの哲学者 一八八三―一九五五）など。さらに、ハンナ・アレントや、一八〇〇年代の初めにまだ歳若き国アメリカに渡って、のちに『アメリカのデモクラシー』を書いたアレクシ・ド・トクヴィル（フランスの政治思想家 一八〇五―一八五九）など、かなり前に読んだことのあるような本でも、改めて自分自身の新しい文脈で読み直してみると、とても新鮮で、インパクトを受けるんです。そして長い間ぼくが頼りにしてきた、カール・ポランニーやE・F・シューマッハーなど、これまでどちらかと言えばリベラルに分類されがちだった人たちの本が、これまでとはまた違う視点で読めるようになってきた。

自由と民主主義の分裂という問題に関心をもつ人の中に多いのが、現代社会が第二次世界大戦の前、いわゆるナチスの勃興前の状況にとても似てきているんじゃないかという危機感です。そこで、ファシズムやスターリニズムなどの全体主義をリアルタイムで経験したアレント、イ・ガセット、ポランニー、エーリッヒ・フロム（ドイツの社会心理学者 一九〇〇―一九八〇）などの議論がとても重要になってくる。ファシズムは、自由主義や民主主義が一見、華々しい時代の直後に急速に勃興している。そして、どうも全体主義は自由主義の反動として生まれたというより、自由主義こそが全体主義を生み出したのではないかという見方が浮上します。ですから、ぼくらが赤ん坊の頃からずっと浴び続けた「自由」とか「自由主義」ということばをしっかり見直すことができないと、全体主義に再び向かってしまうのではないか、という危惧にはしっかりした根拠があるとぼくは思っています。

たとえば最近では、『自由主義はなぜ失敗したか（Why Liberalism Failed）』（未邦訳、二〇一八年）という本で、パトリック・デニーン（アメリカの政治学者 一九五四〜）は、全体主義とは個人主義的自由と国家主義の結合の産物であり、その熱狂は抽象的な国家と自己を同一化することから生まれる、と言っています。アレントも、個々人が自分の生存のためにのみ懸命になるような個人主義的な自由主義が全体主義につながると考えていましたよね。だからこそ、全体主義に引き寄せられていく人々の特徴は野蛮さではなく、社会的孤立と正常な人間関係の欠如にこそあると『全体主義の起源』（みすず書房、一九七二年）で論じた彼女は、一九五〇年代末に英語で書いた『人間の条件』で、労働（labor）や仕事（work）に対して、人と人との「あいだ」をつなぐ活動（action）こそが、「人びとのあいだにある（inter homines esse）」という人間の本質を表現するのだと論じたわけです（『人間の条件』ちくま学芸文庫、第一章）。この「活動」について、彼女はこう言っている。

――活動だけが人間の排他的な特権であり、野獣も神も活動の能力をもたない。そして、活動だけが、他者の絶えずある存在に完全に依存しているのである。（同、第二章）

つまり、自分はただ自分だけで成り立つのではないという、人間の他者依存性、複数性、多様性――ぼくのことばで言うと「あいだ性」です。アレントはこの他者に依存し、他者に制約され、同時に他者とつながりあう「活動」の場を「公的領域」と呼ぶんですが、それが失われて「私的領域」だけが膨らむと全体主義につながっていく。アレントはそういうことばでは語っていないけど、これは民主主義と自由との関係についての議論として理解できると思うんです。

では、自由主義的個人主義と全体主義の密接な関係というのは、ファシズムを経験した二〇世紀以降の新しい視点かというとそうでもなくて、バークとかトクヴィルといった保守思想の中にずっとあったわけです。そのあたりを説得的に論じているのが、さっき言ったデニーンの『自由主義はなぜ失敗したか』です。「失敗した」という過去形なんです。デニーンはアメリカの自由主義は惨憺たる失敗の末、世界中を巻き込んで、人類の未来を危うくするところまで来てしまったと考えている。おもしろいのは、彼の本に繰り返し出てくる名文句で、「自由主義の成功こそが、その失敗である」というんです。「自由主義による自由の追求が、自由を壊す」という逆説です。

デニーンが高く評価しているのがトクヴィルです。二〇〇年近く前の『アメリカのデモクラシー』（岩波書店、二〇〇五―二〇〇八年）が現代のアメリカの姿を予言しているようで、驚きます。トクヴィルは一八〇五年生まれですが、フランス革命とその後の動乱で多くの親戚を亡くしたこともあって、「自由」についての研究に向かったようです。彼によると、個人主義的自由主義は国家主義のオルタナティブではなく、その原因そのものなんですね。そして彼がアメリカの新しい民主主義の要点として注目したのも

「あいだ」だった。

トクヴィルは、アメリカの社会に矛盾する二面が共存していることに気づきます。典型的なアメリカ人は、一方では地域共同体での政治活動に強い関心をもっているが、他方で、個人主義や私的な関心へと向かう傾向、そして政治的無関心へと向かう傾向ももっている。トクヴィルにはこれがよほど印象的だったようで、地域共同体で熱心に活動しているときのアメリカ人はとても幸せそうだが、自分自身のことに没頭するとたちまち、信じられないほど不幸せになる、と言っている。これはアレントの言い方で言えば、公的領域にある人間と、私的領域にある人間です。これが同じアメリカ人の中に同居している。トクヴィルは、結局はその後者のほうへとアメリカ人が向かっていくだろう、という悲観的な予測をもっていたようですが。

さて、トクヴィルによれば、アメリカ人の幸せを支えていた公的な場——これを彼は政治活動と呼ぶ——が「中間団体（intermediary entity）」であり、アソシエーションです。中間というのは、国家と個人の「あいだ」ということです。フランス人の当時の消極性、政治的無関心、黙従の態度に比べて、アメリカ人のコミュニティ活動の様子はよほど感動的だったと見えて、アメリカの協同は一種のアート（arts of association）だと言っている。そして、ここにこそ民主主義の真髄がある、と考えたようです。

町や村のローカルな活動に市民が参加することが大事なのは、どんな成果をあげるかという結果ではなく、参加者たちの「あいだ」に関係性が育まれるということだ。そうすることで、自分が思うより、「私」という存在は自立していないし、いろんな人からの助けなしには生きられない、ということを学ぶことができる。だから中間団体は民主主義の学び舎（schoolhouse of democracy）なのだ、と。

しかし、その中間団体から引き離された途端、自分が人々の「あいだ」に生きている存在だという意識が希薄になってしまう。すると個人主義的で競争的な意識が拡張して、ますます相互扶助の輪や、伝統的で文化的な場に戻ることが不可能になっていってしまう。それは、観察者であるトクヴィルの目の前で進行していた事態だったわけです。

長くなってしまったのでそろそろまとめます。トクヴィルやデニーンなどの保守思想が批判する「自由主義」の「自由」とは、「あいだ」を取り去ることだと言えると思う。第一に、無時間性。時間には「間」ということばが入っているように、過去と未来の「あいだ」という時間的な文脈の中に誰もが生きているわけですが、それを壊して、時間から自由になること。二番目は無場所性。特定のトポス、ローカリティ、地域、風土など、自分の一部であり、自分もその一部であるはずの場所から自由になる。そして三番目が、無関係性。つまり、中間団体やコミュニティ、人と人とのつながり、日本語で言えば、「人間」から「間」をとってしまう。

高橋：全部「あいだ」ですね。

辻　：そう、人と自然との「あいだ」もありますね。これらを壊していくと、自由な人格ができる。つまり、自然界から、資源として搾取し続けることができるようなメンタリティをもつ「自由な」人間ができるというわけです。

高橋：トクヴィルの『アメリカのデモクラシー』は大事な本です。彼はこう言っています。アメリカのいちばんいいところは共和制でもなく、家族でもなく、コミュニティであり、中間共同体だと。それはすごい視点だと思います。そして、その「あいだ」がみんな壊されれば、国と個人という剝き出しの関係だけが残ってしまうということですね。

辻　：そして国と個人は、一見対立しているようだけど、実はとても親和性があって、個人個人に分割されてばらばらになったとき、国に吸い寄せられていきます。そして全体主義だとか、国家主義に吸い込まれてしまう。

高橋：それって、まさに今のアメリカですよね。みごとにトクヴィルが危惧していた通りのアメリカが今生まれています。

辻　：でも、その危機に右も左も、共和党も民主党も気づかずに、相変わらず自由とか民主主義とか言っている。そこに気づいている人はとても少ないのではないか。その意味で、アーミッシュ共同体について考えておくのは大事だと思いますね。彼らは反進歩、反テクノロジー、禁欲主義で凝り固まった宗教集団として、好奇や哀れみの目で見られたり、嘲笑やバッシングの対象になったりする。よく知られているのは、彼らが電気や自動車を受け入れないことです。でもこれは、選択の自由がなかったからではなく、長い検討の時間を経て、受け入れないことを選択した結果だった。同じように考えた末、プロパンガスは使うことにしたらしい。そう考えるときの基準は何かというと、コミュニティという関係性でできている織物にとって、これはどういう影響を与えるか、だという。アーミッシュというとコミュニティ総出の棟上げ式を思い浮かべる人がいると思うけど、あれも単なる伝統儀礼や建設技術を超えた「協同のアート」ですよね。彼らは、国家のほうにも、個人のほうにも行かずに、「あいだ」にとどまるという選択をした人たちだと思います。

そう言えば、さっき紹介した本でデニーンが重視していたのは、アーミッシュのいくつかのコミュニティが保険を拒否していることです。保険という仕組みの特徴はその個人主義、匿名性、秘密性ですね。たとえば、誰かに何かの損害が生じて、共通のお金のプールからなんらかの補償がされたとしても、誰にもそれはわからない。だから、保険というのは人と人の「あいだ」につながりをつくらない。むしろ断ち切る。アーミッシュはこれを危険視したわけです。彼らにとっては、むしろコミュニティとその顔の見える相互扶助の仕組みこそが「保険」なんですね。だからそっちを選ぶ。

自由といえば、ぼくたちはよく「選択の自由」のことだと思うわけだけど、ほんとうの意味で「選択の自由」を享受しているのは、いったいぼくたちなのか、それともアーミッシュなのか、と問われたら、どう答えるでしょう。ぼくたちは今、テクノロジーを前にして、どれだけの「選択の自由」を保持しているか？　政治でも経済でも教育でも、ぼくたちの人生にどれだけの「選択の自由」が残されているか。これが自由主義の行きついた場所だとすると、皮肉ですよね。

というわけで、ぼくはこれからは自由ということばを二通りに定義する必要があると思っています。一つ目はこれまで見てきたような、「あいだ」からの自由、「反・あいだ」としての自由です。それに対して、二番目の自由は、「あいだ」への自由。

高橋：「あいだ」への自由。なるほど。

辻　：これまで世界を席巻してきた一番目の自由は、自然生態系との関係、故郷との関係、コミュニティとの関係といったさまざまな「間柄」を断ち切って、そこから自由になることを目指してきた。つまり、「あいだ」を壊す自由です。それに対して、「あいだ」をつくり、育み、更新し、豊かにしていく二番目の自由があって、それがこれからの世界でとても大切な役割を果たすことになる、と考えたいんです。前者をファストな自由、後者をスローな自由、とも言えそうです。

とはいえ、「あいだ」からの自由を全面否定することはもちろんできない。やっぱり、どうしたって、困った関係性や断ち切るべき間柄はあるわけですから。そこでも問題なのは、「あいだ」からの自由と「あいだ」への自由の、一方が個人主義的な「自立」で、他方が前近代的で集団主義的な「依存」だとする二律背反の考え方だと思う。そもそも純粋の「自立」なんてあり得ないわけで、一つの関係から自由になるときには、必ず別の関係へ、と歩み出ているわけですよね。「自立か、依存か」という二元論じゃなくて、自立と依存とが絡みあった、さまざまな関係性の織物の中に生きている、という認識が基本でしょう。その基本さえなくなっているなら、まずそれを取り戻すところから、ですね。

中島岳志さんは、リベラリズムが、もともとカトリックとプロテスタントの悲惨な宗教戦争の末に生まれた宗教的寛容の原理から生まれたと言います。戦争「からの自由」は、同時に寛容「への自由」だったわけです。中島さんがよく依拠するエドマンド・バークも、制約や節度のないところに自由はない、と言っていた。先ほどのデニーンによれば、これまで支配的だった自由主義の自由は、本質的に「反・文化」なんです。文化とはさまざまな関係性で織りあげられた織物のようなものですから、その関係性を断ち切る自由というのは、反・文化にならざるを得ない。デニーンも保守思想家ですが、「反・自由」ではないんです。彼の本の最後の一節で、自由主義の後の「より深い自由」を創造し、打ち立てるべきことを彼は訴えている。それが人間にふさわしいほんとうの自由を証し立てることになる、と。その自由は、新しい文化と経済を創るための実践の中から生まれる。そして、その経済と文化の軸になるのは、家庭の手仕事と市民の公共生活だ、と。

ぼくも、「あいだ」への自由への動きが、今後、一種の文化運動になっていくんじゃないかと思っています。断ち切られてきた関係性を再発見したり、再生したり、つくり直したりして、共生の文化を創造する。ぼくは活動家として、この文化運動がエコロジー運動と一体のものとして展開される必要がある、と思っています。

おわりに――「あいだ」の向こう側へ

辻信一さんとの「共同研究」は、「弱さ」から「雑」へ、そして「雑」から「あいだ」へとたどり着き、一応の完結となった。はっきりしたあてもなく始められた研究（少なくともぼくにとっては）だったが、進むにつれ、おのずと、目の前に道が開けていった感覚がある。もちろん、いまも、ぼくの、いや、ぼくたちの前に道は続いている。おわりにあたって、その話を書きたい。「この先」について、である。

この本の中で、「あいだ」に関わって、ぼくは、森崎和江や石牟礼道子の名を出した。そして、彼女たちの功績の一部についても、触れている。だが、それは彼女たちがなしとげたすばらしい成果の一部に過ぎない。ぼくは、つい最近、そのことを思い知ったばかりだ。

去年の秋、藤本和子の『ブルースだってただの唄』（筑摩書房、二〇二〇年）が文庫として刊行された。もとの単行本の刊行は一九八六年、長く絶版になっていたのである。この本は、八〇年代にアメリカに暮らしていた著者の藤本和子さんが、黒人女性の聞き書きをしたものだ。女性たちが収容された刑務所に赴き、そこの臨床心理医、あるいは、刑務所に収監された、もしくは、されていた女たちの話すことばに耳をかたむけた。ときには、さらに遠くへ行き、両親が奴隷であった、つまり「黒人が奴隷であること」が身近な事実であった一〇四歳の女性のことばにも耳をかたむけた。そして、どの場合にも、彼女が聞いた女たちのことばを、極上の日本語に翻訳して、ぼくたちに残した。それもまたほんとうに、目を見張るほどすばらしい仕事だった。

ぼくたちとは、異なった時代の、異なった国の、さらにいうなら、ぼくにとっては、異なった性の人たちが、この国の、この時代の、誰のことばよりも、強い力を持って迫ってくる。それは、なぜなのだろう。そのことを考えながら、ぼくはずっとこの本を読んでいた。そして、最後に気づいた。それはたしかに、すごいことなのだが、もっとずっと別の大切なことを、この本は、ぼくに教えてくれたのである。

『ブルース』の解説で、翻訳家の斎藤真理子は、藤本和子の仕事を概括し、あるいは、彼女のことばをひきながら、藤本和子の「森崎和江への思いは深くて強い」と書いた。さらに、「藤本さんは森崎和江・石牟礼道子の仕事の正統的な継承者なんだなあと改めて思った」とも。

ここからは、私事になる。

ぼくは六〇年代に本を読み、まねごとのようになにかを書くようになった。その際、もっとも影響を受けたのは日本語で書く現代詩人たちだった。固有名をあげるなら、谷川雁と吉本隆明である。彼らは、二人とも、単に詩人であるだけではなく、優れた批評家であり、また、同時に、社会運動の実践者であり、新しく社会思想を作ろうとした人たちでもあった。その時代に、なにかをしたいと思う若者たちにとって、もっとも輝かしいロールモデルが彼らだった。

六〇年代、まず先鞭をつけたのが谷川雁であり、吉本隆明がその後に続いた。日本社会への影響という点で、単に「詩人」であることの枠を超えた存在が、この二人であった。ぼくの書くものの中にも、いまでも、この二人の考え方、ことばの作られ方が深く刻みこまれている。吉本隆明は最晩年に至るまで、影響を与えつづけたが、思想家としても詩人としても、谷川の仕事は、ほぼ六〇年代に終了している。鮮烈な記憶を残して彼は消え去ったのである。

ぼくは作家として、一九八一年にデビューした。さまざまなことばがぼくの中に流れこんでいたが、そのもっとも直接的な影響は藤本和子が翻訳したリチャード・ブローティガン（アメリカの作家・詩人 一九三五—一九八四）だったように思う。七〇年代に始まった藤本和子のブローティガンを日本語に翻訳する試みは、翻訳の世界にとって、戦後最大の事件の一つだった。それは、彼女のことばは、翻訳である以上に、あまりにも独特の魅力をもった日本語だったからである。二葉亭四迷のロシア語からの翻訳が日本近代文学を成立させたように、藤本和子の翻訳は、日本語に新しい世界を付け加えたのである。

だが、藤本和子の日本語の奥には、『ブルースだってただの唄』があった。アメリカ黒人女性の聞き書きがあった。そして、藤本和子の聞き書きのさらに奥には、森崎和江の『からゆきさん』における、性を売らねばならなかった戦前の日本人女性、『まっくら』における、筑豊炭鉱の女坑夫からの聞き書きがあった。いうまでもなく、『苦海浄土』における石牟礼道子の水俣病患者の聞き取りも、その一つだった。

森崎和江こそ、戦後最大の労働運動となった三池闘争を背景に九州の炭鉱でサークル運動を繰り広げていた谷川雁のパートナーであり、その運動の中に石牟礼道子もいたのである（やがて、森崎も石牟礼も、運動から離れてゆく）。

六〇年代、谷川や森崎や石牟礼が見つめていた世界、そこから生まれたことばと、ぼくは、数十年後、なにも知らずに対面していたのである。

おそらく、森崎や石牟礼は、政治や社会を動かす「男」たちのことばの本質的な欠陥に気づき、もっと弱い者たちのことばに耳をかたむけることから、すべてを始めたのだろう。その仕事は、半世紀以上のときを超えて、いまに伝わっているのである。

政治・社会・文学・生活、それらすべてが混沌と混ぜ合わさっていた頃、そう、なにもかもが、「雑」然としていた時代に生き、やがて、「弱い」者たちのことばに耳をかたむけ、遠く隔たった者たちを、「翻訳」また「通訳」という「あいだ」の仕事によって結びつけてきた者たちがいた。彼ら、彼女らの仕事を受け継ぎ、ぼくたちは、さらに前に進まなければならないのだ。

二〇二一年四月

高橋源一郎

著者

高橋源一郎（たかはし・げんいちろう）

作家，評論家，明治学院大学名誉教授。『優雅で感傷的な日本野球』で第1回三島由紀夫賞，『日本文学盛衰史』で第13回伊藤整文学賞，『さよならクリストファー・ロビン』で第48回谷崎潤一郎賞を受賞。近著に『今夜はひとりぼっちかい？ 日本文学盛衰史 戦後文学篇』（講談社），『たのしい知識――ぼくらの天皇（憲法）・汝の隣人・コロナの時代』（朝日新書）等。

辻 信一（つじ・しんいち）

文化人類学者，環境活動家，明治学院大学名誉教授。「スローライフ」「キャンドルナイト」「しあわせの経済」「ローカリゼーション」などのテーマを軸に環境＝文化運動にとりくむ。著書に『弱虫でいいんだよ』（筑摩書房），『常世の船を漕ぎて 熟成版』（語り 緒方正人，ゆっくり小文庫），共著に『降りる思想』『弱さの思想』『「雑」の思想』（大月書店）等。

編集協力 桑垣里絵
協力 ナマケモノ倶楽部，明治学院大学国際学部付属研究所
カバー・章扉写真 たかはしじゅんいち
装幀 藤本孝明＋如月舎
DTP 編集工房一生社

「あいだ」の思想《しそう》 セパレーションからリレーションへ

2021年6月15日 第1刷発行

定価はカバーに
表示してあります

著者 高橋源一郎
辻 信一

発行者 中川 進

〒113-0033 東京都文京区本郷2-27-16

発行所 株式会社 大月書店

印刷 三晃印刷
製本 中永製本

電話（代表）03-3813-4651 FAX 03-3813-4656 振替00130-7-16387
http://www.otsukishoten.co.jp/

ISBN978-4-272-43105-2 C0010 Printed in Japan